열쇠
희망
별꽃

법정
희망
일기

안지현 지음

조정변호사가 써 내려간
미움과 용서,
그 경계의 순간들

이와우

변호사로 수많은 소송을 해왔지만, 소송을 하다 보면 가슴 아픈 일들이 있게 마련이다. 벌써 17년 전의 일이다. 산모가 임신중독증으로 아이를 사산해서 병원을 상대로 의료소송을 제기했다. 나는 병원 측의 소송대리를 맡아 반대편에 섰다. 재판 중에 여러 번 합의를 해보려고 했지만, 산모 쪽에서 제시하는 금액이 워낙 커서 잘되지 않았다. 결국 의료 과실을 증명하지 못했다는 이유로 산모 측이 패소했다. 내심 적정 금액에 합의하려고 했던 나는 재판을 이겨놓고도 찜찜했다.

1심 재판할 때도 내내 눈물을 보이던 아기 엄마는 항소심 재판에 오지 않았고, 남편만이 나왔다. 젊은 부부가 불쌍하다는 마음이 들었다. 항소심 판사는 1,000만 원 정도 선에서 조정을 권했다. 나는 또 병원을 설득해야 하는 부담을 안게 되었다.

법정 문을 열고 나오면서 남편분에게 이야기했다.

"저도 같은 여자 입장에서 안된 마음이 있어요. 가능하면 병원 측이 조정에 응할 수 있도록 설득해보겠지만 응하지 않을 경우 어쩔 수 없어 죄송해요. 저도 마음이 너무 안타깝네요."

그러자 남편분이 눈물을 뚝뚝 흘리셨다. 그때 언젠가는 이런 사람들을 위해 일을 해야지 하고 다짐했다. 그 언젠가가 언제인지는 알 수 없었다.

17년이 지난 지금 나는 법원에서 원고와 피고 사이의 합의를 돕는 조정위원, 즉 조정 전문 변호사로 일하고 있다. 여전히 어느 한쪽 편만 들 수는 없는 입장이다. 하지만 17년 전에 내가 그러했듯이 힘든 일을 겪고 있는 분들에게 "죄송하다"라고 고개 숙일 수만 있다면 많은 분쟁이 해결될 수 있을 것 같다.

우리는 죄송하다고 말하면 내가 법적인 책임을 질 것 같아서 오히려 상대방을 비난하고 몰아세우곤 한다. 그러나 싸우는 중에도 상대방에게 위로의 말 한마디 할 수 있다면, 날이 바짝 서 있는 이 사회가 조금은 더 살 만한 곳이 될 수 있지 않을까 생각해본다. 이 책은 이런 마음으로 써 내려갔다.

가히 분노 사회라고 할 만한 요즈음이다. 재판 결과가 마음에 들지 않는다고 변호사 사무실에 불을 지른다. 정치는 더 이상 타협이 없는 진영 대립으로 치닫고 있다. 서로 끌려야 할 젊은 남성과 여성까지 갈등하고 있는 현실이다. 그중에서도, 법정은 갈등과 싸움이 펼쳐지는 대표적인 장소다. 법정에서 만나는 사람들은 더 이상 서로에게 희망이 없다. 이제 갈 데까지 가보자는 심정이다. 하지만 나는 법원에서 조정위원으로 일하면서 이처럼 대립하던 사람들이 극적으로 화해하는 모습을 목격하고 있다. 이 책의 1부에서는 조정위원으로 겪는 매일의 에피소드를 통해, 싸우고 증오하며 화를 내던 사람들이 어떻게 서로를 용서하고 화해하는지, 그리고 이 과정을 통해 얻은 깨달음은 무엇인지에 대해 이야기해보았다.

2부는 소년재판 국선변호를 하면서 만난 비행 청소년들에 대한 이야기다. 뉴스에서 흉악한 범죄를 저지르는 청소년들을 볼 때마다 사람들은 이들을 혐오하며 몰아세운다. 그러나 내가 만났던 아이들은 대부분 불우한 환경 때문에 거리를 배회하다가 비행에 휘말린 안타까운 경우가 많았다. 막장 드라마보다 더한 절망적인 현실에 처한 이 아이들에게 우리 어른들이 해줄 수 있는 일은 무엇일지 고민하게 되었다. 무조건 벌하고 미워하는 것은 쉽다. 보다 어려운 길인 아이들을 변화시킬 수 있는 가능성, 그 희망에 대해 이야기하고자 했다.

이렇게 언뜻 상관없어 보이는 두 이야기가《법정 희망 일기: 조정변호사가 써 내려간 미움과 용서, 그 경계의 순간들》이라는 한 권의 책이 되었다. 어찌 보면 법정이라는 심판과 처벌을 상징하는 장소에서 희망을 찾는다는 것 자체가 불가능한 말인 듯하다. 코로나19 사태와 전쟁의 소문으로 흉흉해진 우리네 삶도 쉽사리 회복될 기미가 보이지 않는다. 그러나 겨울이 지나면 봄이 오듯, 가장 어둡고 힘든 시간이 지나면 새로운 기대와 소망이 싹틀 것이다. 그러고 보면 헤어 나올 수 없는 미움의 감정도, 도저히 할 수 없을 것 같은 용서도 한 끗 차이인 것 같다. 미움과 용서의 경계선에서 어느 쪽으로 발을 내딛을지는 결국 내 마음먹기에 달렸는지도 모른다. '조정'과 '소년재판'이란 두 키워드를 통해, 어떤 절망적인 상황 속에서도 새 희망의 가능성이 있음을 함께 발견할 수 있다면 좋겠다.

차례

2부   소년재판에서 만난,
길 위의 아이들

1부

세상의 모든 싸움을
조정해드립니다

몇 해 전, 재택근무를 할 때의 이야기다. 두 아이를 돌보며 집에서 일을 하다 보면, 초등학생 두 아이들은 잘 놀다가도 하루에도 수차례 소소한 일로 다툼을 벌이곤 했다. 한 놈이 와서 엄마에게 이르면, 다른 한 놈이 또 쪼르르 와서 반론을 펼치기 마련이었다. 한번은 아예 재판을 열기로 했다.

원고 - 8세 딸

피고 - 11세 아들

판사 - 엄마

판사: 원고 주장은 뭔가요?

원고: 가지고 놀던 장난감을 떨어뜨렸는데, 오빠가 갑자기 집어 가더니 달라고 해도 계속 안 줘서 때려버렸어요.

판사: 그럼 피고 입장은요?

피고: (가져간 건 사실이지만) 폭력은 어떤 이유로도 안 돼요.

원고: (때린 건 사실이지만) 몸에 난 상처는 반창고 붙이면 낫지만, 마음의 상처는 사과를 해도 낫지 않아요.

피고: 난 행동이 느리고 동생은 행동이 빨라서, 내가 갖고 싶은 걸 가지려면 중간에 가져갈 수밖에 없어요.

원고: 가지고 놀고 있는 장난감을 가져가는 건 예의 없는 행동이에요.

피고: 때리는 것도 예의 없는 행동이에요.

판사: 네, 이제 재판을 끝내고 조정에 회부하겠습니다!

두 놈 주장이 너무 팽팽해서 어느 한쪽 편을 들어줄 수가 없었다. 이럴 땐 은근슬쩍 빠지며 조정으로 넘기는 게 상책이다.

마침 퇴근해서 들어온 남편을 급히 조정위원으로 임명하고, 내일까지 조정안을 만들어 오라고 했다. 재판 후 딸은 사실 학교에서 친구들 때문에 속상했는데 오빠까지 그러니 더 많이 속상했다고 한다. 이 말을 전해 들은 오빠는 왜 진작 말하지 않았느냐고 그런 줄 알았다면 양보했을 것이라고 한다.

다음 날 조정위원으로 임명된 아빠가 들고 온 아이들 재판의 조정안은 다음과 같았다.

1. 동생은 오빠를 때려 상처 난 곳에 반창고를 붙여준다.

2. 오빠는 동생의 상처 난 가슴에 '호 ~ ' 해준다.

3. 서로 안고 "미안해 사랑해"라고 한다.

오빠는 상처가 다 나았다며 반창고를 거부하고, 동생도 엉터리 조정안이라며 둘 다 수용을 거부했다. 둘이 한목소리로 아빠에게 항의하면서 사이가 매우 돈독해졌다. 이렇게 아이들의 싸움에도 각자의 논리가 있어 우열을 가리기 힘이 든다. 어느 한쪽의 손을 들어주기도 어렵고, 양쪽이 모두 만족할 만한 조정안을 내기도 어렵다.

나는 17년간 변호사로 일하다가 사무실을 정리하고, 3년 전부터는 지방 소재의 법원에서 조정만 하는 조정위원으로 일하고 있는 20년 차 변호사다. '조정위원'이라고 하면 사람들은 보통 "4주 후에 뵙겠습니다"라는 대사와 탤런트 신구 선생님을 떠올린다. 바로 TV에 방송돼서 큰 인기를 끌었던 〈부부클리닉 사랑과 전쟁〉의 한 장면이다. 여기서 신구 선생님은 주로 이혼 사건에서 가사조정위원 역할로 출연했다. 나는 이혼 사건이 아닌 민사 사건의 조정위원이다. 돈을 빌려주고도 받지 못하거나 땅 매매를 했는데 등기를 해주지 않거나 하는 등의 주로 돈 문제를 다룬다.

우리나라는 최근 선거철을 맞이하면서 분쟁과 대립이 극한으로 치닫는 사회가 된 것 같다. 나와 다른 생각을 가진 사람을 비난하고 욕하는 것은 기본이고, 서로 상종하지 못할 사람처럼 취급한다. 이렇게 살다 보니 일상의 피로도도 점점 높아지고 있다.

'분쟁과 대립이 가장 극적으로 드러나는 곳'이 바로 법원이 아닐까? 조정을 진행하면서 서로 대립하고 갈등하던 사람들이 어떻게 합의에 이르는지, 또는 합의에 이르지 못하더라도 그 과정이 어떤 의미가 있는지 이야기해보는 것도 좋겠다는 생각이 들었다.

3년 동안 진행한 조정 사건들 중 기억에 남는 사건을 중심으로 이야기를 펼쳐본다. 다만 개인정보 등의 문제로 일부 사실은 각색하기도 했음을 미리 밝혀둔다.

조정의 달인?
화해의 기술!

─────── 지난주에도 요구르트 배달이 안 왔는데 오늘도 배달함이 비어 있었다. 요구르트 아주머니가 지난번에도 깜박하셨다고 했던 기억이 나서 갑자기 짜증이 치밀었다. 안 그래도 아침에 아들 화상수업 오류 문제로 예민할 대로 예민해진 상태였다. 또 깜박하셨으면 요구르트를 끊겠다고 문자 메시지를 보내려는 찰나!

"죄송해요. 남편이 돌아가셔서 배달을 못 했어요. 다음 주부터 배달하겠습니다."

요구르트 아주머니의 문자 메시지가 수신되었다. 순간 가슴이 먹먹해졌다.

'그럼 남편을 간병하면서 배달 일을 해오셨던 건가? 지난번에도 그래서 깜박하신 건가?'

고인의 명복을 빈다고, 푹 쉬시고 오시라고 답장을 보내며 사정도 모르고 짜증을 냈던 내 마음을 반성했다.

문득 병아리 변호사 시절, 판사님이 조정 진행 중에 들려주신 일화가 떠올랐다. 어떤 사람이 지하철을 탔는데 어린아이 둘이 신발을 신은 채로 의자 위를 오르락내리락하면서 시끄럽게 떠들고 있었다고 한다. 그런데, 아이 엄마는 옆에서 아이들을 야단치지도 않고 그냥 우두커니 있을 뿐이었다. 아이 엄마에게 항의했더니, 방금 친정 부모님이 교통사고로 돌아가셨다는 전화 연락을 받아 순간 충격으로 정신이 멍해져서 그랬다는 것이다. 어떤 사람이 내가 이해되지 않는 행동을 하는 데는 다 나름의 사정이 있다는 말씀이었다. 당시 그 이야기를 인상 깊게 들었는데, 오늘이 딱 그렇다.

오늘도 내 생각, 내 감정이 앞섰다. 아들한테도 왜 미리 화상수업 준비를 안 해서 바쁜 엄마를 힘들게 하냐고 나무랐는데 또 부족한 엄마 인증이다.

세상의 모든 싸움을
조정해드립니다

조정실에서도 원고는 원고대로, 피고는 피고대로 각자의 사정이 있다. 서로 날이 선 비난이 오가기 일쑤다. 도저히 상대방을 이해할 수 없다고 한다. 조정위원인 나의 역할은 그렇게 행동할 수밖에 없었던 각자의 사정을 귀 기울여 듣고, 상대방이 이해할 수 있도록 잘 전달하는 게 아닐까? 멀게만 느껴졌던 원고와 피고의 마음의 거리가 어느새 한 뼘쯤은 가까워질 수도 있을 것 같다.

그날 마주한 조정 사건은 고등학교 동창들 간의 다툼이었다. 한 사람은 돈 받을 것이 있다고 하고, 다른 한쪽은 줄 돈이 전혀 없다고 한다. 보통 돈거래를 할 때는 차용증을 써놓아야 하는데, 이들은 증거가 될 만한 서류 한 장 써놓은 것이 없었다. 절친했던 친구 사이라 서로 믿고 돈거래를 했다고 한다. 하지만 재판을 하려면 증거가 필요하다. 돈을 빌려주었다는 친구는 하는 수 없이 돈을 빌려줄 때 함께 술을 마셨던 동창을 증인으로 내세웠다. 그러자 돈 갚았다는 친구는 다른 동창을 증인으로 불렀다. 이렇게 서로 각자 친한 동창들을 증인으로 세우는 바람에, 동창회가 두 파로 나뉘어 파탄이 난 지 벌써 여러 해가 지났다.

이분들은 4년간이나 길고 지루한 법정 싸움을 벌이고 있었다. 1심 판사는 친구가 빌려주었다는 돈 중에서 1,500만 원을 갚으라고 판결했다. 하지만 돈을 갚아야 할 친구는 도리어 잘못된 판결이라며 항소를 했다. 가위바위보도 삼세판은 해야 결판이 난다. 재판 역시 삼세판이다. 1심 재판에서 이겼다고 해도, 상대방이 항소하면 별 수 없이 또 항소심 재판을 해야 한다.

"이제 증인을 서달라고 부탁할 친구도 없는데, 더 이상 뭘 해야 하나? 법원에서 그 친구 얼굴을 보는 것도 이제 지긋지긋하다. 무슨 서류 봉투가 배달되면 심장부터 빨리 뛴다. 그런데 서류 봉투를 열어보니 사건을 조정으로 회부했다는 통지서가 들어 있다. 분명히 재판을 하고 있었는데, 조정은 또 뭐란 말인가? 인터넷을 찾아보니까 '서로 양보해서 원만히 합의에 이르는 분쟁 해결 절차'라고 한다. 아니, 이게 무슨 개똥 같은 소리인가? 서로 좋게 해결할 수 있을 것 같았으면, 애매한 친구들까지 증인으로 세우며 왜 4년이나 재판을 했겠는가? 판사가 원망스럽다."

두 친구는 분명히 이런 생각을 하며 조정하러 오기 전날 잠을 뒤척였을 것이다.

세상의 모든 싸움을
조정해드립니다

조정실로 들어가기도 전에 벌써 문밖에서부터 큰소리가 들렸다. 두 사람은 내가 조정실에 들어서기 직전까지도 말다툼을 하고 있었다. 얼굴은 붉게 상기되고 욕설과 비난이 난무한다. 어쩌면 가족보다도 친밀했을 친구 사이였기에 그 억울함과 배신감이 더욱 컸을 것이다. 둘 다 형편이 어려운 데다, 최근 자녀들이 나란히 대학에 진학해 대학 등록금을 조달하느라 여유가 전혀 없다고도 했다. 서로 내 사정을 뻔히 알면서 어찌 이럴 수가 있냐고 눈을 부라린다.

재판을 하는 법정에서는 높은 법대 위에서 판사가 법복을 입은 채 엄숙하게 앉아 있고, 뒤에서는 방청객들이 지켜보고 있다. 제복을 입은 법정 경위가 뒤에서 두 눈을 부릅뜨고 있다가 소란스러워진다 싶으면 바로 앞으로 나와 제지한다. 그러나 조정실은 작은 테이블을 사이에 두고 조정위원과 원고, 피고만 앉아 자유롭게 말을 주고받는다. 그러다 보니 간혹 조정을 하다가 점점 언성이 높아지고, 급기야는 벌떡 일어나 몸싸움이 벌어지는 경우까지 있다.

이러다가는 큰 싸움이 되어 화해는커녕 돌이킬 수 없는 강을 건너겠다 싶어, 한 분은 조정 대기실에서 대기해달라고 하고 다른 한 분만 남아달라고 했다. 남은 분과 30분쯤 충분히 대화한 후, 차례를 바꾸어 다른 분과도 30분 정도 대화를 해본다. 이렇게 한 시간 넘게 서로 이야기를 해보았지만, 두 사람 사이에 금액이 합의되지 않았다. 할 수 없이 법원에서 조정안을 보내드린다고 하고 조정을 마무리 지었다. 두 사람은 서로 인사도 없이 조정실을 떠났다.

법원에서 조정안을 보내도 두 사람 다 조정안을 받아들여야 사건이 끝난다. 어느 한쪽이라도 이의신청을 하면 하는 수 없이 다시 재판을 해야 한다. 조정위원의 역할은 각자의 사정을 참작해서 나름대로 조정안을 보내는 데 그치는 경우가 많다. 안 되면 재판을 하라고 쿨하게 생각하면 그만이다. 가끔 조정이 잘되면 인센티브를 받는 게 아니냐고 오해하는 분들이 계신데, 전혀 그렇지 않다. 절친한 친구였던 두 사람이 이렇게 여러 해에 걸쳐 서로 감정싸움을 하고 있는 것이 안타까워 마음이 찜찜했을 뿐이다. 긴 시간 두 분과 대화를 나누다 보니 속상하고 억울한 감정이 이입돼서 그랬을 수도 있다. 마지막에 한 분이 나가실 때, "왜 나만 자꾸 양보해야 하냐?"라고 했

세상의 모든 싸움을
조정해드립니다

던 말도 마음에 걸렸다.

다음 조정 사건이 끝난 후, 부랴부랴 기록을 뒤져 아까 마음에 걸린 말씀을 하신 분의 연락처를 찾아내 전화를 했다. 다른 친구분에게도 전화를 해 구구절절 이야기를 나누었다. 통화 끝에 두 사람의 입장 차이가 조금 더 좁혀졌다. 한 분은 1,200만 원이 아니면 안 한다고 하시고, 다른 한 분은 1,300만 원이 아니면 때려치운다고 하신다. 대략 난감하다. 사실 이쯤에서 1,250만 원으로 조정안을 보내볼 수도 있지만, 혹시나 기분 나쁘다고 한쪽이라도 이의신청을 하면 그간의 노력이 헛일이 될 것 같았다. 망설이다 마지막으로 한 번 더 전화를 했다.

"두 분 자존심 싸움에 제가 끼어버렸네요. 호호호" 하며 50만 원씩만 더 양보하시라고 권했다. 그러자 아까 "왜 나만 자꾸 양보해야 하나?"라며 볼멘소리를 하던 분이 도리어 웃으시며, "법원에서 이렇게 열심히 하는 사람 처음 봤다"라고 말씀하신다. "네, 양보해주셔서 복 받으실 거예요. 돈을 잃으면 다시 벌면 되지만, 이렇게 서로 싸우시다가 건강도 잃고 친구마저 잃으면 어떻게 해요. 이렇게 좋은 마음으로 잘 마무리하셨으니, 앞으로 건강하시고 자녀분들도 다 잘되실 겁니다." 나도 고마운 마음에 덕담 한마디 더 건넸다.

　4년 동안 소송하며 갈 데까지 간 동창분들은 조정 시작할 때의 험한 표정과 달리 두 분 다 웃으며 고맙다고 하신다. 특히 한 분은 이 나라에서 더 이상 살기 싫어 이민까지 생각하셨다는데 나 때문에 마음을 바꿨다고까지 하신다. 새삼 나의 일이 보람 있는 일임을 느낀다. 두 분에게 보낼 조정안에는 "일체의 모든 분쟁을 해소하고 친구 간의 정을 회복"해달라는 내용도 적어 넣었다.

　이제 법원에서 조정 업무만 전담한 지 만 3년 정도가 되었다. 이 일을 하면 할수록 사람은 논리와 이성으로 설득되지 않는다는 생각이 점점 더 든다. '내 말을 잘 들어주어서, 호감이 가는 사람이라서, 저 사람 참 애쓰네….' 이런 출처 불명의 감정이 사람의 마음을 움직이는 것 같다. 아이러니하지만 설득하려는 태도를 버리는 것이 설득의 출발점이랄까?

　나는 고위 법관 출신도 아니고, 그저 월급을 받는 고용 변호사로 작은 로펌에서 소소한 재판들을 담당한 경험밖에 없다. 어차피 원래부터 화려한 경력이나 권위, 말발은 없었거니와 있었어도 별 도움은 안 되었을 것 같아 다행이다. 그래서 오늘도 법 논리와 선입견을 내려놓은 청순한 뇌와, 무한히 열린 마음과 "아하, 네네, 이런, 아이고…"와 같은 감탄사를 주섬주섬 챙겨 조정실에 들어선다.

코로나19 사태가 장기화되는 바람에 요즘 조정실에서 부쩍 힘든 사람들을 많이 만난다. 계속되는 방역 조치로 가게 문을 열었다 닫았다 반복하며 월세도 못 내는 자영업자들, 애는 셋인데 사업 파산하고 이혼까지 당해서 조정실에서 엉엉 우는 아저씨, 20년간 다니던 작은 회사에서 밀린 월급과 퇴직금도 못 받고 쫓겨난 어르신….

"어제 잠은 제대로 주무셨어요?"

"식사는 챙겨 드셨어요?"

"서류 받을 때마다 얼마나 스트레스 받으세요."

"아이고, 안타깝네요. 어떻게 하나요. 아휴…."

"돈은 잃을 수 있어도 건강을 잃으면 다 잃는 것이니 건강부터 잘 챙기시지요."

말하고 나면 진짜 가슴 아파서 눈물이 날 때도 있다. 법이 왜 이러냐고 하소연하시는 분들에게 "그러게요. 선생님 같은 분들이 피해를 보지 않는 좋은 세상이 얼른 와야 할 텐데요" 하면 이분들도 쏟아내던 말씀들을 멈추시고 눈가에 눈물이 촉촉이 맺힌다.

청파교회 김기석 목사님의 책을 읽다가, 마태복음 25장을 설명하는 다음의 구절이 문득 가슴에 꽂힌다. "주님이 우리에게 배고픈 사람, 목마른 사람, 나그네, 헐벗은 사람, 병든 사람, 옥에 갇힌 사람의 모습으로 오신다." 나도 매일 조정실에서 만나는 분들을 주님을 만난 듯이 대할 수 있다면! 재판이 삶의 전부는 아니지만, 재판 때문에 지치고 더욱 삶이 힘든 분들에게 위로가 임하길 기도하게 된다.

내가 과연 도저히 풀릴 수 없을 것 같은 갈등을 신묘하게 풀어내는 조정의 달인이 될 수 있을까? 화해의 기술이라는 게 있을까? 매일같이 고민하는 일이다. 만일 그런 것이 있다면 역시 그 비결은 내 입은 더 닫고, 상대방의 말에는 귀를 더 여는 것이 아닐까? 서로의 사정에 귀를 기울이고, 이를 통해 상대방의 마음에 공감할 수 있다면, 멀었던 마음의 거리도 성큼 가까워질 수 있을 것이다. 내일도 하얀 마스크를 꽉 끼고 더 귀 기울여 열심히 들어야겠다고 다짐해본다.

세상의 모든 싸움을
조정해드립니다

싸우기 싫지만,
지기는 더 싫어

——————— 싸움을 싫어하는 변호사라니? 이건 마치 노래를 싫어하는 가수, 동물을 무서워하는 사육사, 앙꼬 없는 찐빵, 오아시스 없는 사막과도 같은 말이 아닌가? 싸움이 있어야 재판이 있고, 재판이 있어야 변호사가 있는 법이다. 그래서 '변호사는 싸움 붙이는 사람들'이란 우스갯소리까지 있다.

싸움이 있어야 변호사가 필요해진다. 또한 변호사가 먹고살려면 싸움이 많아져야 한다. 그래서 변호사는 싸움을 좋아해야 할 뿐 아니라 싸움을 잘 붙이는 능력이 있어야 한다고들 말한다. 변호사를 선임한 사람들은 변호사가 나를 위해 마치 쌈닭처럼 열심히 싸워주기를 원한다. 물에 물 탄 듯, 술에 술 탄

듯 설렁설렁 일하는 변호사를 좋아할 리 없다. 더구나 제대로 재판 한번 시작하기 전에, 철천지원수 같은 상대방과 적당선에서 합의를 하라고 한다면? "대체 당신은 누구 편이냐?"라는 말을 듣기 십상이다.

그런데 나는 안타깝게도 태생적으로 싸움을 싫어한다. 능력 있는 변호사의 자질을 갖추지 못한 것 같다. 그래도 오랫동안 변호사 노릇을 하다 보니 어느 정도 싸움에 익숙해졌나 싶다. 한번은 내 재판을 지켜보던 사람이 "저 변호사 공격적으로 잘한다"라고 하더란다. 심지어 친정엄마께 "너 변했다. 왜 이리 따지냐? 피곤하다"라는 타박을 듣기도 했다. 일상생활에서도 따지고 싸우기를 좋아하는 사람이 되어버린 것 같다. 이런 말을 들으면 '아 내가 변호사 능력치가 높아졌구나!' 하고 기뻐해야 할 텐데, 별로 그렇지 않으니 그것도 이상하다.

소송을 하면서 만나는 사람들도 가지각색이다. 변호사 비용이 들더라도 어떻게든 싸우고 따져서 끝까지 결판을 보고 싶어 하는 사람도 있는 반면, 나처럼 싸움을 좋아하지 않는 사람들은 더 이상 스트레스 받아서 못 살겠다며 상대방에게 돈을

세상의 모든 싸움을
조정해드립니다

주고 얼른 싸움을 끝내고 싶어 한다.

송무변호사로 일할 때, 우리 쪽이 재판에서 이겼는데 상대방이 다시 재판해달라고 항소한 사건이 있었다. 끝까지 재판을 하면 이길 수도 있는 사건이었다. 그러면 적지 않은 사례금을 받을 수 있다. 하지만 사건을 맡긴 사람 입장에서는 이기더라도 시간이 몇 년씩이나 걸리고 변호사에게 줄 돈이 이중으로 든다. 변호사 사례금은 1심, 2심, 3심 별도이기 때문이다. 처음 맡길 때 착수금이 있고, 나중에 이기면 승소 사례금이 따로 붙는다. 예를 들어 1심당 착수금 500만 원, 승소 사례금 500만 원으로 계산하면 세 번 합쳐서 3,000만 원이 든다!

이렇게 돈이 많이 들 바에는 차라리 얼마 정도의 돈을 상대방에게 줘버리고 빨리 싸움을 끝내는 것도 방법이다. 변호사에게 돈을 다 줘버릴지언정 상대방한테는 한 푼도 못 주겠다는 억한 심정을 품지 않은 이상에는 말이다. 그럴 때 나는 이렇게 말한다.

"상대방에게 준다고 생각하지 마시고, 분쟁을 해결하는 비용이라고 생각해보시면 어떨까요? 지금까지 손해 본 걸 생각하면 절대 합의하기 어려우실 거예요. 그렇지만 앞으로 추가 될 손해라도 줄이자고 생각하셔야 합의를 하실 수 있습니다."

그때 조정을 앞두고 있는 의뢰인에게는 이렇게 제안했다.

"사장님, 끝까지 재판해서 이길 경우 드는 변호사 비용을 계산해드릴게요. 제가 그 비용 받는 것을 포기할 테니, 대신 그 돈을 상대방과 합의하는 데 쓰시는 것도 한번 생각해보세요."

사실 나도 끝까지 싸우는 게 즐겁지 않아서 한 제안이었다. 의뢰인인 사장님도 나와 비슷한 성향인지라 덥석 그러겠다고 하셨다. 결국 조정을 한 끝에 상대방에게 200만 원만 주고 사건을 끝내기로 합의를 보았다.

'음… 이렇게 될 줄 알았으면 조금이라도 사례금을 받을 걸 그랬나?'라고 생각하며, 전화를 기다리고 있던 사장님에게 결과를 알렸다. 초조하게 전화를 기다리던 사장님은 몇 초간 아무 말씀 없다가 "변호사님! 사랑합니다!"라고 외치셨다. 내가 사례금은 못 받았어도 의뢰인한테 사랑 고백을 받은 변호사다. 게다가 정비소 사장님인 의뢰인은 사례금 대신 내 찌그러진 자동차를 돈 한 푼 안 받고 정성스레 펴주셨다. 아주 말끔한 새 차가 되었다.

이렇게 싸움을 싫어하는 내가 20년 동안이나 숙명적으로 전장 한복판에 있어야 하는 변호사로 일하다니 얼마나 아이러니한가! 그중 3년은 나라 사이의 총성 없는 전쟁이 벌어지는 외교부 통상 분야에서 일했고, 대부분의 시간은 법정에 나가 상대방과 싸우는 송무변호사로 일했다.

"난 변호사가 적성에 안 맞아!"

어느 날 싸움에 지친 내가 투덜댔다. 그러자 듣고 있던 동료 변호사가 반론을 펼쳤다.

"그래? 난 변호사만큼 적성이 필요 없는 직업이 없는 것 같은데."

친구의 하소연 섞인 투덜거림에도 즉시 반론을 펼치다니, 이 친구는 변호사가 적성에 맞는 게 틀림없었다. 그런데 친구 말을 듣고 보니, 변호사라고 모두 싸움만 하란 법이 있을까. 변호사도 숫자가 많아진 만큼 오히려 여러 가지 일을 할 수 있다는 생각이 들었다. 보통 우리가 생각하는 변호사는 드라마에서 보는 것처럼 법정에서 멋지게 변론을 하는 모습일 테지만, 회사에서 일하는 변호사도 있고, 정부에서 공무원으로 일하는 변호사도 있고, NGONon Government Organization(비정부기구)

에서 일하는 변호사도 있지 않은가.

좋아하는 일을 직업으로 가지는 것이 행복의 길이라고들
한다. 나아가 좋아하면서 잘하는 일을 하는 건 누구나 가질 수
없는 소수의 특권이라고 한다. 기왕에 변호사가 되었으니, 그
와중에 내가 좋아하고 잘하는 일을 찾아 하면 될 일이라는 생
각이 들었다.

결국 몇 년 전 잘 다니던 로펌을 그만두고, 지금은 법원에서
조정만 전담하는 상임조정위원으로 일하고 있다. 싸움을 붙이
는 변호사가 아니라 '싸움을 말리는 변호사', '화해시키는 변
호사'로 일하게 된 셈이다. 나이 마흔이 넘어 찾은 일이 이렇
게 체질에 잘 맞을 수가 없다.

그러고 보면 그동안 치열하게 싸워왔던 경험이 헛된 것만
은 아니었다는 생각이 든다. 맞지 않는 일을 해봐야 내게 잘
맞는 일이 얼마나 즐거운지 알 수 있는 것 아닌가. 게다가 화
해를 잘 시키려면 싸움에 일가견이 있어야 하는 법이다. 싸울
만큼 싸워봤으니 이제 싸움을 말리는 전문가가 될 수 있는 것
이 아니겠는가.

외교부 시절에는 한미 FTA 협상단에 참여해서 외국 협상단

과의 협상 실무를 담당했다. 이때 상대방의 협상안과 우리 측 협상안 중 공통되는 부분은 통합 협상안으로 추출하고, 나머지 의견 차이가 있는 부분은 서로 주고받기를 통해 합의를 이루어나가는 훈련을 할 수 있었다.

또한 송무변호사 시절에는 손해배상 전문 변호사로 일하며, 어느 한쪽이 이기고 지는 결과보다는 어느 정도의 금액이 손해액으로 적당한지를 계산해내는 작업을 하곤 했다. 손해배상의 이념 자체가 형평의 원칙을 통해 손해의 적정한 범위를 산출하는 것이기 때문이다. 싸움이라 여겼던 과정을 통해 늘 조정과 협상 훈련을 하고 있었던 셈이다.

그러니 지금 적성에 맞지 않는 일을 하고 있다고 낙담하고 계신 분들이여, 조금만 더 견뎌보시라! 현재 하는 일을 열심히 하면서 내가 관심이 있고 적성에 맞다고 생각되는 일을 가끔이라도 지원해서 해본다면, 결국 그 모든 경험이 다음 단계로 나가는 밑거름이 될 수 있으니 말이다.

오늘도 조정실에서는 언제든 싸울 준비가 되어 있는 사람들을 만난다.

처음에는 피고도 "나도 돈을 못 줘서 미안하게 생각합니다" 라고 차분하게 말을 시작한다. 그러다 "재판하면서 내가 얼마나 스트레스를 많이 받은 줄 압니까? 병까지 걸려서 몇 달이나 입원을 했었어요. 또, 내가 변호사 비용만 얼마를 쓴 줄 압니까? 나 참, 5,000만 원이라고요. 5,000만 원!" 이렇게 말하며 목에 핏대를 올린다. 그러자 원고도 기가 막힌다는 표정을 지으며 "이럴 바에는 조정 안 하겠습니다. 재판으로 가겠어요!" 라며 자리에서 벌떡 일어난다.

이러시면 조정을 진행할 수 없다며 여러 번 말려도 이미 화를 내기 시작한 두 사람은 큰소리와 삿대질을 멈추지 않는다. 그래서 작전을 바꾸었다. "이렇게 싸우실 거면 차라리 10분 정도 시간을 드릴 테니, 저 밖에서 실컷 싸우고 들어오세요." 그러자 피고가 도리어 나에게 화를 내신다. "아니, 법원에서 싸움을 말려야지, 싸우라고 하는 조정위원이 어디 있습니까?"

작전이 제대로 통했다. 싸우기 시작하는 건, 앞에 싸움을 말려줄 사람이 있기 때문이다. 조정하기 싫다고 벌떡 일어난 분도 막상 자리에서만 일어나고 엉거주춤한 포즈로 서 있을 뿐, 정작 문까지는 가지 않는다. 곁눈질로 나를 보며 '앉으라고 말하겠지?'라는 표정으로 쳐다본다.

그러고 보면 결국 싸우는 걸 좋아하는 사람은 아무도 없다. 싸우기 싫지만, 지기는 더 싫을 뿐이다. 모두 이 지겨운 싸움을 끝내고 오늘은 두 발 뻗고 자고 싶다고 생각한다. '싸우기 싫지만 지기는 더 싫어.' 2021년 함께 일하는 김혜영 조정 전담 변호사와 공저한 책 《민사조정》의 부제다. 그렇다. 싸우기 싫지만 지기는 더 싫은 우리 마음은 모두 똑같다. 내가 지기 싫은 만큼 상대방도 지기 싫을 것이다. 모두 함께 이길 수 있는 길은 조금씩 서로 양보해서 합의에 이르는 길밖에 없다.

얼마 전 대한변호사협회에서 변호사들을 대상으로 민사조정에 관한 강의를 한 적이 있다. 강의를 하기 전 미리 받은 질문지를 훑어보니 "협상에서 이기는 법을 알려주세요"라는 질문이 있었다. 협상에서 이기는 길이 있을까? 협상에서 이기는 것이 무엇일까? 그런데 내 주장만 100퍼센트 관철하는 것은 본질적으로 협상이 아닌 것 같다. 내가 중요하게 생각하는 우선순위를 얻고, 덜 중요하게 생각하는 것은 내주며, 서로 중요하게 생각하는 것을 얻는 게 서로 이기는 길이 아닐까?

싸움을 싫어하는 변호사인 나는 오늘도 전장인 조정실에서 그만들 하시라고 싸움을 뜯어말린다. 싫다는 사람들을 붙들어 앉히고 합의하라고 두 번 세 번 권한다. 한 시간 넘게 시간이 걸려도 힘든 과정을 거쳐 원고와 피고가 합의를 하면 전혀 피곤하지 않다. 오히려 콧노래를 부르며 조정실을 나온다.

그러고 보니 가끔 오시는 친정엄마도 이제는 "너 변했다"라는 말씀을 더 이상 하지 않으신다. 나의 일상에도 어느새 잃어버렸던 평화가 다시 찾아오기 시작하는 것 같다.

잘 듣는다는 것,
제대로 듣는다는 것

——— "엄마는 그래도 엄마가 있잖아!"

오늘 조정실에서 딸이 엄마에게 오열하며 외친 말이다. 과연 무슨 사연일까?

딸의 입장

친엄마는 두 살 때 돌아가셨다. 열 살에 새엄마를 만났다. 키가 크고 씩씩하고 정이 많은 사람이었다. 엄마 없이 자란 오빠와 나를 친자식처럼 키워주셨다. 아빠는 사업을 한답시고 자꾸 빚만 지고 집에 생활비를 가져다준 적이 없었다. 농구선수 출신인 새엄마가 학교 농구 코치로 취업해서 우리를 먹여 살렸다. 어려운 집안 형편에 대학 등록금은 언감생심이었다. 다행히 대학은 장학금을 받아 무사히 졸업했지만 대학원을 다니고 싶어 공장에 취업해 돈을 벌었다. 새엄마는 늘 내가 너희집에 시집와서 뼈 빠지게 고생만 한다고 나를 붙잡고 하소연했다. 나도 안다. 엄마가 고생한 거. 우리를 이만큼 키워주셔서 고맙다. 그런데 엄마가 하소연할 때면 마음이 너무 괴롭다. 대학원 가려고 공장에서 번 돈까지 쪼개서 엄마에게 드렸다. 그래야 마음의 죄책감을 덜 수 있을 것 같아서.

그런데 아빠가 바람을 피웠다. 새엄마는 이것만은 참을 수 없다며 이혼하겠다고 했다. 그리고 아빠에게 위자료와 친정에서 꿔준 돈을 달라고 요구했다. 하지만 아빠는 돈이 없다며 5년 동안 다달이 나눠주겠다고 했다. 아빠를 믿을 수 없었던 엄마는 오빠와 나에게 보증을 서라고 했다. 평생 우리를 키워준 엄마가 아빠 잘못으로 빈손으로 헤어지는데, 차마 각서에 사인을 안 할 수가 없었다.

그 후 아빠는 오빠와 새로운 사업을 벌였다가 또 망했다. 엄마에게 약속한 돈도 주지 못했다. 아빠가 돈을 못 준 달이면, 엄마가 전화해서 나를 들들 볶았다. 그러면 할 수 없이 내가 아르바이트를 해서 번 돈을 대신 드렸다.

그러던 중 작년에 결혼을 하게 되었다. 내 어려운 형편을 다 알면서도 10년 동안 나를 기다려준 고마운 사람이다. 이 사람에게까지 나의 짐을 떠넘기고 싶지 않았다. 그래서 엄마 전화도 잘 받지 않았고 아빠 대신 돈을 갚아주지도 않았다.

그런데 갑자기 은행에서 압류가 걸렸다는 연락이 왔다. 더욱 기가 막힌 사실은 압류를 건 사람이 바로 새엄마라는 것이다. 어떻게든 엄마 편에 서려고 했던 내게 어떻게 이럴 수가 있단 말인가. 그동안 내게 보였던 친절과 웃음은 다 아빠한테 돈을 받아내기 위한 구실이었던 것 같다. 나는 그냥 수단이었던 것이다. 엄마가 날 진짜 사랑하긴 했을까?

새엄마의 입장

딸아이가 열 살일 때 처음 만났다. 얼굴도 예쁘고 처음부터 나에게 살갑게 구는 것이 정이 갔다. 내 자식처럼 키워야겠다고 마음먹었다. 그렇지만 실속 없는 남편 대신 일까지 하며, 내 배로 낳지도 않은 사춘기 아들과 딸을 키우는 게 녹록지 않았다. 겨우 다 키워놓았더니 아들은 취업할 생각은 하지 않고 아빠와 함께 사업을 한답시고 돌아다녔다. 그래도 딸은 야무지게 자기 앞가림을 잘했다. 어렵고 고달픈 인생에 친딸은 아니어도 의지가 되었다.

남편과 이혼하면서는 내 인생이 무너지는 것 같았다. 뼈 빠지게 고생해서 남의 자식만 키워주고 돈 한 푼 없이 집을 나서려니 억울함이 복받쳤다. 그래서 자식들에게 각서를 받았다. 애들한테 그러면 안 되는 걸 알지만 어쩌겠나. 모두 아버지를 잘못 둔 죄다.

갈 곳이 없어 늙으신 친정엄마를 찾아갔다. 그런데 친정엄마도 몸이 편찮으셨다. 나이 먹어 농구 코치 일도 더 이상 할 수가 없었다. 복지센터에서 하는 일을 겨우 찾았다. 낮에는 복지센터에서 일하며 푼돈을 벌고 집에 오면 아픈 엄마를 돌봐야 했다.

전남편은 예상대로 약속한 돈을 다 갚지 못했다. 그나마 딸이 가끔 찾아와 같이 술도 마셔주고 용돈도 주고 가 힘이 되었다. 맛있는 걸 먹여 보내면 뿌듯했다. 결혼을 한다기에 없는 살림을 털어 축의금도 내주었다.

그런데 결혼을 하더니 갑자기 전화를 안 받는 게 아닌가!

남편 직업도 번듯하고 얼마 전에는 승용차도 샀는데 말이다.
역시 검은 머리 짐승은 거두는 게 아니었다. 내가 친엄마라
도 이렇게 했을까. 그래서 할 수 없이 압류를 걸었다. 나도 이
렇게까지는 하지 않으려고 했다. 정말이다. 그런데 이렇게라도
해야 전남편이 조금이나마 돈을 부쳐줄 생각을 한다. 안 그러
면 나는 영영 돈을 받을 수가 없고 계속 비참하게 살아야 한다.

두 사람의 각자 사연을 들어보니 모두 안타깝고 가엾다. 마
지막으로 서로에게 하고 싶은 말이 있으면 해보시라고 하자
딸은, "엄마는 그래도 엄마가 있잖아!"라며 울음을 터뜨렸다.
그런 딸을 보며 '엄마 아닌 엄마'는 함께 눈물을 훔친다. 어느
새 내 눈가에도 눈물이 고였다. 댁으로 조정안을 보내드릴 테
니 같이 차나 한잔하고 가시라고 권했다. 울면서 떠나는 둘의
모습이 가슴에 무겁게 남아 어떻게 조정안을 보내야 하나 한
숨을 푹푹 쉬고 있는데 전화가 왔다. 딸이다.

"저희 방금 잘 이야기해서 합의했어요. 다시 올라가도 되
나요?"

"아이고, 너무 잘하셨어요. 그럼요, 그럼요. 어서 올라오세요."

다시 만난 두 사람의 모습이 한결 가벼워 보였다. 서로 양보해서 합의를 하고 압류도 취하하기로 했다고 한다. 이야기를 들어보니 딸이 줄 수 있다고 한 금액에 맞춰 엄마가 합의를 한 것 같다. 두 사람은 비록 피는 섞이지 않았지만 외롭고 고된 인생길에서 누구보다 서로 의지했고, 앞으로도 그럴 것임을 알 수 있었다. '아, 조정위원이 되길 참 잘했다.' 봄꽃처럼 마음이 밝아졌다.

사실 두 사람이 합의에 이르는 데 내가 한 일은 별로 없었다. 그저 한 사람씩 자신의 이야기를 하는 걸 귀 기울여 듣기만 했다. 처음 두 사람이 함께 마주한 조정실에서 이렇게 운을 뗐을 뿐이다.

"이런 곳에서 만나실 두 분이 아니신데, 여기에 오시기까지 말 못 할 사연이 있었을 것 같습니다. 오늘 오시면서도 마음이 많이 무거우셨지요? 기록을 읽어보니 두 분이 서로 애정을 갖고 있는 게 느껴졌습니다. 애정이 있으니 화도 나는 게 아니겠어요? 어렵고 길게 재판을 하기보다는 모쪼록 오늘 잘 이야기해서 해결하고 가시면 좋겠습니다. 저도 힘껏 돕겠습니다."

또 굳이 내가 한 일이 있다면 대나무 숲이 되는 일이었던

세상의 모든 싸움을
조정해드립니다

것 같다. 어디 가서 차마 이야기하지 못하는 각자의 사정을 듣는 일. 함께 마음 아파하고, 함께 울면서 그 마음에 공명하는 일. 그런데 참, 그 일을 하는 것이 쉽지 않다. 수많은 사건들 속에서 처리해야 할 숙제로서가 아니라 그 속에서 그 사람의 마음, 그 사람의 목소리를 듣는 것이 참 어렵다.

그중에서 가장 어려운 일은 내 생각을 내려놓고 진짜 그 사람의 말을 듣는 일이다. 어떤 선입견을 가지고 상대방의 말을 들으면 정작 그 사람의 마음을 들여다볼 수 없다. 만약 엄마가 어떻게 자식들에게 아빠 위자료에 대해 보증을 세울 수 있냐, 친자식이 아니라고 어떻게 자식한테 압류를 걸 수 있냐는 선입견을 가지고 엄마의 말을 들었다면, 엄마가 실은 그 딸을 누구보다 사랑하고 의지하고 있었기에 이런 행동까지 했음을 놓칠 수도 있었을 것이다.

"사람이란 본래 자기 말에 귀 기울여주고, 가치를 인정해주고, 의견을 물어주는 사람에게 보답하기 마련입니다. 그게 변하지 않는 인간의 본성이에요."

포춘 500개 기업을 포함해 1,000개 이상의 글로벌 기업을 컨설팅했다는 스튜어트 다이아몬드 교수의 책《어떻게 원하는 것을 얻는가》에 언급된 내용이다. 누구나 안개 속에 갇힌 것처럼 속이 답답하고 어떻게 해야 할지 모를 때, 그저 믿고 있는 친구에게 속을 털어놓는 것만으로도 한결 마음이 가벼워지고, 저절로 해결 방법을 찾은 경험이 있을 것이다. 이것이 바로 경청의 힘이 아닐까.

간혹 한 시간 가까이 조정을 진행했는데도 서로의 주장은 평행선만을 달리고, 결국 합의가 되지도 않고, 조정안도 거부한 채 끝나고 마는 경우도 있다.

한동안 뜨거웠던 '비트코인' 사건이었다. 어느 아주머니가 몇 년 전 지인에게 비트코인 거래를 맡겼다. 그런데 믿었던 지인은 허락도 없이 비트코인을 가져가 돌려주지 않았다. 당시 비트코인 가격은 고작 몇십만 원이었으니 아주머니는 잊어버리고 있었을 수도 있다. 그런데 몇 년 사이 비트코인 값은 몇천만 원까지 올라버렸다. 아주머니는 눈이 번쩍 뜨였다. 비트코인을 돌려달라고 했지만 지인은 나한테 준 것이 아니냐며 뻔뻔하게 돌려주지 않았다. 경찰에 두 번이나 고소를 하고, 법

세상의 모든 싸움을
조정해드립니다

원에 재판도 두 번이나 걸었다. 조정실에 온 아주머니는 너무 억울하다며 연신 눈물을 흘렸다. 한 치의 양보도 할 수 없다고 했다.

상대방 변호사님은 30분도 넘게 밖에서 대기하고 있다 들어와, 시간만 낭비인 것 같다는 말부터 하셨다. 결국 합의가 되지 않았으니 정말로 시간 낭비였을까? 2021년 서울중앙지방법원 조정센터에서는, 조정이 잘되지 않아 다시 재판으로 돌아간 사건 중에서도 약 18퍼센트는 다시 재판 중 조정이나 합의가 이루어졌다고 한다. 나아가 조정을 한 번이라도 거친 사건들은, 그렇지 않은 사건들에 비해 판결에 대한 승복률도 높았다고 한다. 결국 조정이 성립되지 않았다고 하더라도, 그중 3건 중에 2건은 항소심이나 대법원까지 가지 않고 단시간 내에 사건이 해결되었다는 것이다. 내 경험에 비추어도 바로 합의가 이루어지지 않았다고 하더라도 시간 낭비로만 보기는 어려울 것 같다.

조정에 참여한 분들은 긴 시간 자신의 이야기를 들어준 것만으로도 고마움의 표시를 하시곤 한다. 반면 내 면전에서 우리나라 사법 시스템이 얼마나 썩었는지 욕을 하고, 조정위원

당신 같으면 그렇게 조정하겠냐고 화를 내는 분도 있다. 하지만 이게 다 필요한 일이다. 내가 자격이 되는지는 모르겠지만 우리나라 사법 시스템을 대표해서 사과도 드려보고, 말도 안 되는 조정안을 내놓은 죄로 혼도 나본다. 그러고 보면 법원 앞 일인 시위 예정이었던 한 분 정도는 내 사과를 받아들이고 집으로 돌아갔을 수도 있을 것 같다.

"에잇, 이 ○○○야! 제대로 해라. 개○○, ○○놈들아! 이게 재판이냐? 엉터리 ○○○들아!"

오늘도 어김없이 점심 먹으러 나가는 길에는 확성기를 든 아저씨가 보인다. 아저씨는 법원 정문에서 확성기 소리를 있는 대로 높인 채 욕사발을 퍼붓고 있다. 우리가 가까이 갈수록 잡아먹을 듯이 목소리가 더 커진다. 저절로 목이 움츠러든다. 또 우리 법원 정문 앞에는 몇 년째 시뻘건 플래카드가 붙어 있는데, 높으신 대법관님들의 사진이 덕지덕지 붙어 있다. "나쁜 ○들, 지옥에나 가버려라!"라는 무시무시한 문구와 함께 말이다. 법원장 선거에 출마한 후보 판사님이 이 플래카드를 떼는 것을 선거 공약으로 내걸었을 만큼 골칫거리다. 그 앞

세상의 모든 싸움을
조정해드립니다

을 지나갈 때마다 초등학생 딸이 "엄마, 판사들이 나쁜 사람이야?"라고 물어봐서 당황스럽다. 속으로 '판사가 아니라 다행이다'라는 생각도 해본다.

대한민국에서 가장 똑똑하다는 사람들이 치열한 경쟁을 거쳐 판사로 임용되고, 또 몇 해마다 한 번씩 과로사를 하는 판사들이 나올 정도로 열심히 판결을 쓰고 재판을 하는데, 왜 법원에 대한 불만은 그칠 줄을 모를까? 2019년 OECD(경제협력개발기구)가 회원국 37개국을 대상으로 각국 사법부에 대한 신뢰도 조사를 해본 결과, 대한민국이 꼴찌로 조사되었다고 한다. 비록 조사 대상에 법원과 검찰이 함께 포함되어 있다는 대법원의 이의제기에 따라 최종 보고서에는 한국이 제외되었다고는 하지만 모두 함께 고민해봐야 할 문제다.

이렇게 사법 시스템에 대한 불만이 높아지는 데는 우리나라 판사 일인당 사건 수가 너무 많고, 서류 검토 위주로 재판이 진행되어 자신이 하고 싶은 말을 자유롭게 할 수 있는 시간이 너무 부족하다는 데 큰 원인이 있는 것 같다. 이런 현실에서 조정은 그나마 여유 있게 자신의 말을 보통의 언어로 자유롭게 이야기할 수 있는 숨구멍이 될 수 있을 것이다. 나와 같은 조정위원들이 법원의 듣는 귀 역할을 제대로 할 수 있다면 우리나라 사법부에 대한 불만도 조금은 가라앉지 않을까 생각해본다.

불행한 아이에게 어떻게 다가가야 할까요?

무시하지 말고 겸손하세요.

판단하지 말고 사랑하세요.

지배하려 들지도 말고 다른 것을 주려 들지도 마세요.

오직 나 자신만,

나의 시간,

나의 힘,

나의 마음만 주세요.

(…)

사랑하는 마음으로 다가가세요.

가만히, 평화롭게, 상냥하게.

지적장애인 국제 공동체인 라르슈 공동체를 만든 장 바니에가 세상에서 상처받고 살아가는 이들에게 어떤 마음으로 다가가야 하는지 쓴 글*이다.

재판을 하는 사람들도 상처가 많고 힘들다. 우울증에 걸려 약을 먹고 있다는 사람도 있고, 암에 걸렸다는 사람도 만났다. 여기에 이르기까지 각자의 마음속에 하고 싶은 말들이 얼마나 많겠는가. 그런데 법정에서는 이런 이야기를 할 시간도 기회도 주어지지 않는다.

무시하지 않고, 판단하지 않고, 지배하려 하지 않고, 오직 나의 시간, 나의 힘, 나의 마음을 나누어줄 수 있는 그런 조정위원이 될 수 있을까? 그렇게 잘 들을 수 있을까? 요즘 자주 뻐근해지는 어깨가 갑자기 결리는 느낌이 든다. 휴, 아직 갈 길이 먼 것 같다.

* 장 바니에, 《희망의 사람들 라르슈》, 김은경 옮김, 홍성사, 2002.

오,
나의 고객님!

————— 바쁜 워킹맘이다 보니 한 온라인 쇼핑몰의 새벽 배송 서비스를 자주 이용하곤 한다. 24시간 고객센터를 운영하고 있는 이 회사는 고객센터에 문의 글을 남기면 "고객님~ 꼭 필요하신 상품 배송이 지연되어 많이 속상하시겠어요"라며 엄청난 공감과 지지의 메시지를 보내준다. AI가 작성한 것인지 상담직원이 작성한 것인지 모를 그 틀에 박힌 메시지에, 화가 났던 마음도 어느새 사르르 녹아버린다. 불평불만을 늘어놓은 내가 오히려 머쓱해지기도 한다.

오늘 아침에는 신선식품 전문 온라인 쇼핑몰에서 시킨 것들이 오배송되는 문제가 있었다. 다이어트 좀 해보겠다고 다

세상의 모든 싸움을
조정해드립니다

량의 샐러드와 방울토마토 등을 주문했다. 하루에 두 번씩 샐러드로 식단 관리를 하고 있는 남편과 같이 나누어 먹으려고 아주 넉넉히 말이다. 그런데 아침에 먹으려고 열어보니 웬 순댓국과 각종 나물 반찬, 초코 과자, 보기만 해도 행복해지는 삼각형 모양의 커피 맛 우유가 들어 있다.

고객센터에 전화하자 친절한 직원분이 배송 못 받은 물건은 전액 환불해드릴 테니, 오배송된 음식들은 죄송하지만 그냥 드시거나 직접 폐기하시라고 안내한다. 못 받은 음식들은 다 환불해주니까 손해가 없는 데다, 잘못 받은 음식들은 반송하지 않고 공짜로 먹으라고 하니 횡재한 기분이었다.

그런데 샐러드 먹고 다이어트를 하려고 했는데 아침부터 순댓국에 짠 나물 반찬, 후식으로 초코 과자와 커피 맛 우유까지 먹으니 다이어트가 아니라 고칼로리 폭탄이다. 다 먹고 배 팡팡 두드리며 남편한테 말했다.

"근데 우리랑 물건 바뀐 사람들이 더 이득인데… 그거 8만 원어치야!"

"그래? 공짜라니까 기분 좋았는데 갑자기 배 아프네? 내가 손해 본 건 하나도 없는데, 남이 더 이득 봤다니까 싫네. 이게 바로 불공정성에 분노하는 심리인가?"

사람 심리가 이렇게 간사하다. 어쨌든 우리 물건을 받은 그 사람들도 오늘 아침에 거하게 순댓국 먹으려고 했는데, 풀때기 샐러드 열 통 받고 열받았을 거라고 하며 둘이 한참 웃었다.

매일 조정실에 들어오는 민원인들을 '나의 고객님'이라고 생각해보면 어떨까?

"고객님~ 재판이 지연되어서 많이 속상하시겠어요."

"고객님~ 받으셔야 할 돈을 받지 못하고 계시니 얼마나 답답하시겠어요?"

"고객님~ 피해를 입으셨는데, 도리어 적반하장으로 나쁜 사람 취급을 받고 계시니 얼마나 속이 터지시겠어요?"

이런 식으로 반응한다면 말이다. 사실, 고객님이라고 말만 하지 않을 뿐이지 사람들의 하소연을 듣다 보면 감정 노동이 따로 없구나 하는 생각이 들기도 한다. 하루 종일 사람들의 말을 듣고 퇴근하면 진이 다 빠져 소파에 쓰러지고만 싶다.

내가 즐겨 듣는 라디오 시사 프로그램에서 누군가 앵커에게 자신과 다른 정치적 견해를 가진 게스트가 이야기할 때 반

세상의 모든 싸움을
조정해드립니다

박하고 싶은 마음이 들 텐데 평정심을 유지하는 비결이 뭐냐고 물은 적이 있다. 앵커는 속으로 신나는 노래를 부른다고 답했다. 귀가 솔깃해진다. 그런데 내가 진행하는 조정은 그렇게 흘려듣기가 힘들다. 양쪽 말을 잘 듣고 양쪽 다 승복할 수 있는 조정안을 생각해내야 한다. 가끔은 딴생각을 할 수 있으면 좋겠다는 생각도 든다.

오늘 사건의 양쪽 변호사님은 모두 서울 변호사님들이었다. 피고 변호사님도 조정 의사가 없고, 원고 변호사님도 조정 의사가 없다며 모두 조정에 참석하지 못하겠다는 의견서를 내고 오지 않으셨다. '오미크론'으로 코로나19 확진자가 정점을 찍고 있는 전쟁 통에, 조정될 가능성도 없는데 멀리 서울에서 여기 지방까지 오기 쉽지 않으셨을 것 같다.

그런데 사건 검색을 해보니 1심 판결 후에 원고 쪽에서 피고 은행계좌에 죄다 압류를 걸어놓은 사실이 확인되었다. 이건 승소 판결을 받고도 돈을 못 받았을 뿐 아니라, 재산을 찾다 찾다 못 찾아 최후의 수단으로 은행통장에까지 집행을 시도했다는 이야기다. 이 정도쯤 되면 돈은 못 받았거나 받았어도 거의 못 받았을 가능성이 99.9퍼센트다. 양쪽 감정은 상할 대로 상해 앙숙이 되었을 것이다.

오히려 이런 경우라면 조정이 될 가능성이 높다. 염치 불구하고 양쪽 변호사님들에게 전화 통화를 시도했다. 조정 안 하겠다고 의견서까지 냈는데 조정위원이 전화했다고 성을 내실 수도 있으니, 친절한 콜센터 직원처럼 대화를 시작해본다.

"변호사님(고객님)~ 의견서는 잘 확인해봤어요. 조정도 안 될 거 같은데 멀리서 오시기 많이 어려우셨죠? 의견 내주셨는데 전화드려 죄송해요. 그런데 제가 살펴보니까 조정 여지도 있을 것 같아서 전화 한번 드려봤어요."

변호사님은 머쓱해하시면서 원래 가려고 했는데 상대방 변호사가 먼저 조정이 어려울 거 같은데 올 거냐 말 거냐 하고 시비조로 말해서 의견서만 내고 안 왔다고 하신다. 그쪽에서 1심 재판할 때부터 자꾸 공격적으로 말했다고 하소연까지 하시는 걸 보니, 마음의 상처도 많으신 것 같다.

"네, 그러셨군요. (고객님) 보니까 저쪽에서 은행계좌에 압류해놨던데 알고 계신가요? 그럼 회사 사업에 지장이 많으실 텐데요. 좀 깎아달라 그러고 얼른 압류 푸는 게 낫지 않으실까요?"

　　세상의 모든 싸움을
　　조정해드립니다

변호사님은 그건 몰랐다고 확인해본다고 그러신다. 내친김에 슬쩍 1,000만 원 정도 깎은 금액이면 어떠냐고 제안하니, 그 정도면 얘기해볼 수 있다고 하신다.

연이어 상대방 변호사님에게 전화를 했다. 아까 얘기를 듣자 하니 쌈닭 같은 분일까 봐 내심 걱정돼서, 이번에는 〈금쪽같은 내 새끼〉의 신애라님 버전으로 사근사근 말씀을 드려본다.

"변호사님~ 의견서 내주신 건 잘 받았어요. 그런데 은행계좌에 압류까지 걸어놓으신 걸 보니 돈을 한 푼도 못 받고 계신 거 같더라고요. 에휴~ (한숨 쉬고) 그래서 제가 상대방 변호사님께 여쭤봤는데 어느 정도 조정 여지가 있을 거 같아 전화드렸어요."

변호사님은 안 그래도 집행이 하나도 안 돼서 근심 걱정 중이었다며 목소리에 화색이 도신다. 어차피 못 받고 있는 돈 1,000만 원 정도만 깎고 현금으로 받을 수만 있다면 책임지고 설득하겠다고 아주 믿음직스럽게 말씀해주시기까지 한다.

"그럼 절대 손해 보시면 안 되니까, 약속대로 현금 안 주면 1심 판결 원금에 이자까지 다 물어주는 걸로 철퇴를 내려드릴게요."

나도 아주 믿음직스럽게 말씀드리자 매우 흡족해하신다.

다시, 피고 변호사님에게 전화해 이 기쁜 소식을 전했다. 피고 변호사님은 방금 의뢰인과 통화해서 은행계좌 압류된 걸 확인했다며, 이것 때문에 부도 직전이라고 하신다. 얼른 상대방이 1,000만 원 깎아서 조정한다고 했다고 말씀드렸다.

"아니, 그럴 줄 알았으면 진즉에 조정했죠!"

피고 변호사님은 허탈한 웃음까지 내비치신다. 나는 함께 기뻐하며 더욱 기뻐하실 만한 제안을 했다.

"아유~ 너무 잘되셨네요. 그럼 돈 주시는 대로 압류 바로 푸는 걸로 하고, 혹시 약속 날짜보다 더 빨리 주시면 그 즉시 바로 압류 풀 수 있도록 조항 만들어드릴게요."

아니나 다를까 피고 변호사님은 더욱더 기뻐하신다.

"아이고, 조정 안 되었으면 바쁘신데 서울서 여기까지 계속 왔다 갔다 하시느라 얼마나 더 힘드셨겠어요."

따뜻한 목소리로 위로도 건넸다. 오늘도 밥값은 한 것 같다.

조정실에서 자주 만나는 민원인들도 나의 일등 고객님이다. "어? 선생님, 또 뵙네요"라고 반갑게 인사하며 맞이할 정도다.

하도 법원에 자주 드나들어서인지 조정실도 안방처럼 편안하게 들어오신다. 대법원까지 가서 졌는데도 같은 일로 다시 재판을 거는 경우도 있고, 한 사람과 여러 건의 재판을 동시에 하는 경우도 있다.

'박미자 씨(가명)'가 이런 분들 중 한 명이었다. '김철수 씨(가명)'와 동업으로 카페를 운영하다가 그만두기로 했는데 둘 사이에 정산이 잘되지 않았다. 김철수 씨는 박미자 씨한테 받을 돈에 대해 차용증을 써두었다고 하고, 박미자 씨는 이 차용증들이 다 가짜라고 했다. 김철수 씨가 박미자 씨한테 '대여금', '정산금', '사해행위취소' 등 여러 건의 재판을 계속 거는 동안, 박미자 씨는 또 김철수 씨를 상대로 '채무부존재', '청구이의', '부당이득' 등 이름만 들어도 골치 아픈 소송들을 여러 개 걸었다. 재판에서 지면 또 항소하고, 지면 또 대법원에 상고하고 하다 보니, 결국 재판 건수가 10건을 훌쩍 넘겼다. 처음에는 변호사를 선임해서 하다가 나중에는 그냥 모든 소송을 혼자 했다. 그러다 한 번은 대법원까지 가서 이기기도 했다.

박미자 씨는 조정실에 앉자마자 건너편에 앉아 있던 변호사에게 "흥! 변호사도 별 것 없더라"라고 냉소를 날렸다. 변호사를 선임했다 1심에서 졌는데 혼자 대법원까지 가서 이겼다며 득의양양하다. 자신은 양보할 생각이 요만큼도 없으니 끝까지 어디 한번 해보라고 한다.

'아이고야, 이런 분을 어떻게 설득하라고 조정으로 보내셨단 말입니까?'

순간 조정으로 보낸 판사님이 야속해진다. 상대방 변호사님이 더 봉변을 당하시면 안 될 것 같아 조정 대기실에서 대기해 달라고 하고, 박미자 씨와 대화를 이어갔다.

"대법원에서 혼자 싸워 이기시다니 정말 어려운 싸움하셨네요. 정말 대단하십니다! 변호사보다 더 잘하시네요."

먼저 아낌없이 칭찬을 해본다. 박미자 씨의 어깨가 한껏 올라간다. 어차피 이런 분들은 쉽게 생각을 바꾸지 않으니 설득할 생각일랑은 벌써 저만치 밀쳐놓았다. 대신 앞으로 자주 볼 분인데 안면이라도 트고 친해보자는 생각으로 접근해본다.

"도대체 어떻게 혼자서 그 힘든 일을 하셨어요?"

웃음기 없이 진지하게 물어본다. 박미자 씨는 기다렸다는 듯이 신나게 자신의 무용담을 펼쳐놓는다.

"1심 판사가 엉터리에요. 변호사도 하는 일 없이 돈만 받아

가더라고요. 이제 저는 변호사도 필요 없어요. 재판에 도가 텄거든요."

박미자 씨는 직장이 가까워서 재판하러 왔다 갔다 하는 것도 하나도 힘들지 않다고 한다. 그런데 내가 한 마디도 반박하지 않고 웃으며 맞장구만 치자, 박미자 씨는 어느새 전의를 상실한 것 같다. 슬그머니 이렇게 물으신다.

"이제 더 할 말도 없는데 가도 됩니까?"

그러더니 문 앞에서 이러시는 게 아닌가?

"그럼 나는 그냥 조정위원 당신이 보내주는 대로 할 테니까, 어디 한번 조정안이나 보내보셔."

문을 열고 들어오던 상대방 변호사님은 순간 '이게 웬일이냐'는 표정이다.

어쩌면 이런 분들은 편견 없이 자신의 이야기를 들어줄 사람이 필요한지도 모르겠다. 이야기를 하고 싶은데, 들어주지 않으니 계속해서 법원 주변을 맴도는 것이다. 뒤집어 말하면 법원이 억울한 사람들의 목소리를 들어주는 곳, 들어주어야 하는 곳이라는 믿음과 기대가 있기에 이에 대한 실망도 있는 게 아닐까 싶다. 기대가 클수록 실망도 큰 법이니까 말이다.

얼마 전부터는 고객님들이 썰렁한 조정 대기실에서 멀뚱히 앉아 기다리시는 게 마음이 쓰여 나름대로 조정 대기실을 꾸미기 시작했다. 테이블마다 초록이 싱그러운 작은 화분을 올려놓고, 《채근담》의 한 구절을 따온 명언 액자도 준비했다.

세상을 살아가는 데에는 한 걸음 양보하는 것이 뛰어난 행동이니, 물러나는 것이 곧 나아가는 바탕이기 때문이다. 사람을 대할 때에는 너그럽게 하는 것이 복이 되니, 남을 이롭게 하는 것이 실로 자신을 이롭게 하는 바탕이기 때문이다.

고객님들이 싸우시다 당이 떨어질 것 같아 자비로 비타민 C 캔디도 사서 예쁜 바구니에 채워두었다. 허여멀건 벽지에는 심신을 평안히 해줄 나무와 새 모양 월스티커를 사서 조정위원 후배들과 함께 직접 붙였다. 남은 썰렁함은 CD 플레이어를 구입해서 잔잔한 피아노 음악을 틀어 채우기로 했다. 조정 대기실이 법원이 아니라 작은 휴식을 주는 카페처럼 느껴지면 좋겠다는 소망을 담아.

'고객님, 오, 나의 고객님!' 나는 오늘도 고객님을 접대하는 마음으로 심호흡을 하며 조정실에 들어선다. 내 한마디에 고객님의 얼굴이 찌푸려지는지, 아니면 얼굴이 환해지는지 노심초사하는 나는 대한민국의 콜센터 직원, 아니 조정위원이다.

칭찬은 변호사도
춤추게 한다

────── "다시 조정 날짜 잡을 필요 없어요! 바로 재판으로 보내주세요. 소송 지연이 심각합니다. '라떼'는 절대 이런 일이 없었어요. 요즘 판사들 직권으로 조정 보내는 거 이거 문제예요. 문제!"

오늘도 P변호사님은 굳이 조정실까지 와 화를 내신다. 조정하겠다고 신청하지도 않았는데 판사들이 마음대로 조정으로 보내는 데 불만이 많으신 것 같다. 나는 애써 웃으며 상냥하게 말한다.

"네, 요즘 재판이 많아서 대기 시간이 너무 오래 걸리다 보니 판사님들이 조정으로 자꾸 보내시는 것 같네요. 그런데, 앞으로 조정이 더 많아질 것 같은데 어쩌지요? 호호호!"

그렇다. 나는야 호구인 것 같지만, 의외로 웃으며 할 말을 다 하는 타입이다.

"특히 항소심 재판 열리기도 전에 바로 조정 보내는 거! 이 거 아주 문제가 심각합니다. 국민의 재판받을 권리 침해예요! '라떼'는 생각할 수도 없는 일이란 말이야!"

P변호사님은 내 말에도 아랑곳없이 일장 연설을 하신다. '라떼' 이야기가 계속 나와서 말이지만 나도 여기서 그냥 물러 설 수는 없다. 한층 더 친절하게 웃으며 또 말한다.

"네네~ 근데 또 조정하시는 분들도 계셔서요. 호호호!"

P변호사님처럼 내가 희망하지도 않았는데, 조정을 하라고 보낸다고 화를 내는 분들도 종종 있다. 하지만 재판이 오래 가 면 갈수록 감정의 골이 깊어지고, 들어가는 비용도 많아져 화 해의 타이밍을 놓치는 경우도 많다. 정식 재판이 개시되기 전 에 조정을 보내는 '조기조정'의 장점도 분명히 존재한다.

조기조정 제도는 미국 법원에서 시작됐는데, 조정 성공률이 매우 높아 우리나라에도 도입됐다. 다만 미국의 경우 증거개 시절차discovery 제도를 통해 정식 재판이 진행되기 전 사건 관련 각종 증거를 상대방에게 요청할 수 있고, 이를 통해 소송에서의 유불리를 어느 정도 예측할 수 있다. 이런 제도가 있어서 그런지 미국의 조기조정 성공률은 90퍼센트 이상이라고 한다. 우리나라도 최근 디스커버리 제도의 도입 논의가 있어, 조정과 함께 운용될 경우 조정 성공률이 높아지리라 기대된다.

또한 미국의 경우 변호사 보수가 타임 차지time charge(업무에 투입한 시간에 비례해서 보수를 받는 제도)인 데 비해서, 우리나라는 통상 소송 시작 전 '착수금'을, 판결 후 '성공 보수'를 받는 방식이라는 차이가 있다. 그래서 처음에 착수금을 목돈으로 낸 사람들은 변호사가 한 번 칼을 휘둘러보지도 않고 조정을 하라고 하면 좋지 않은 시선을 보낼 수도 있다. 그래서 재판이 1~2년씩 길어지고 착수금이 점점 바닥이 나, 바닥을 뚫고 마이너스에 이를 때쯤이 돼야 변호사들도 얼른 조정을 하고 싶은 마음이 굴뚝같아질 수도 있는 것이다.

하지만 발상의 전환을 할 필요가 있다. 변호사 초년병 시절, '소송 전 합의에 성공할 경우'와 '합의가 안 되어 소송을 갈 경우' 둘로 나누어 변호사 보수를 책정해야 할 일이 있었다. 로

세상의 모든 싸움을
조정해드립니다

펌 대표님께 초안을 올렸더니, 합의에 성공한 경우의 성공 보수를 더 높게 받아야 한다는 의견을 제시하셨다. 소송으로 가지 않고 더 빨리 분쟁을 해결했으니 더 높은 보수를 받아야 한다는 것이다. 듣고 보니 맞는 말씀이라 생각되었다.

대개 소송이 시작되었다는 서류를 받으면, '이제 상대방과의 대화는 모두 끝났다. 이렇게 된 이상 이판사판이다. 갈 데까지 가보자!'라고 생각하기 쉽다. 그러나 실상은 그때부터 지난한 싸움이 비로소 시작된다.

1심에서 한 번 재판을 해보았기 때문에, 항소심인 2심 정식 재판이 열리기 전에 조정을 하는 '항소심 조기조정'은 합의가 될 가능성이 1심 때보다 높은 편이다. 그리고 P변호사님의 '라떼'와 달리 2020년 기준 우리나라의 전국 민사 사건 항소심에서 조정, 화해, 소 취하(항소 취하) 등 판결이 아닌 방법으로 종결된 사건은 약 31.6퍼센트에 이른다.[*] 그래도 조정을 안 하시겠다는데 억지로 조정을 권할 수는 없는 일이니 이제 변호사님을 보내드릴 때가 되었다.

---

[*] 법원행정처, '제5장 통계', 〈2020 사법연감〉, 2020.

"그럼 원하시는 대로 조정불성립 처리하고 바로 재판으로 보내드리겠습니다."

내가 순순히 물러서자 P변호사님은 괜히 역정 낸 게 미안해지셨는지 나가시며 은근히 말씀하신다.

"미안합니다. 괜히⋯."

조금 화가 풀리신 것 같다. 나는 이때를 놓칠세라 웃으며 말씀드린다.

"제가 조정으로 밥벌이하고 사는 사람인데, 조정이 없어지면 큰일 나요. 호호호, 안녕히 가세요."

웃는 낯에 침 뱉으랴! 다행히 심기가 불편해 보였던 P변호사님도 결국 허허허 웃으며 나가셨다. 다행이다.

조정실의 으뜸 단골손님은 역시 변호사님들이다. 내가 이렇게 조정하시면 어떻겠냐고 물어보면 "조정위원님 같으면 그렇게 하겠냐?"라고 되물어 할 말이 없게 만들기도 하고, "조정위원이면 조정위원답게 합의가 될지, 안 될지 이야기만 하지 건방지게 법리 이야기를 하나?" 하고 시비를 걸기도 한다.

특히 변호사 숫자가 폭증하다 못해 '만인의 만인에 대한 투쟁' 중인 살벌한 서울 변호사업계에서 온, 특히 그중에서도 젊은 피가 끓는 초년 변호사님들은 기필코 싸움에서 이기고 말겠다는 의지가 강하다. 눈동자가 흔들리며 합의를 하겠다는 의뢰인을 뜯어말리기까지 하는 경우도 있다. 아마 이분들을 고용한 대표변호사님은 빨리 합의를 봐서 성공 보수를 받고 싶어 하실 수도 있을 듯한데… 이 젊은 변호사님들은 아직 대표님의 깊은 속마음까지는 헤아리지 못한 것 같다.

사정이 이렇다 보니, 일부 법원의 어떤 조정위원은 조정실에 변호사는 들어오지 말라고 해서 물의를 일으킨 경우도 있었다. 변호사들이 조정에 방해가 된다고 여기는 것이다.

'외부인 출입 금지'도 아니고, 법원에서 '변호사 출입 금지'라니! 그런데 잘 생각해보면, 이렇게 조정위원과 싸우자고 드는 변호사님들은 사실 의뢰인의 이익을 위해 최선을 다하는 것이라고도 볼 수 있다. 의뢰인 앞에서 최상의 퍼포먼스를 보여주고 싶어 하는 것이다.

조정위원으로 일하기 전에 송무변호사로 조정에 참석했을 때였다. 증거가 없어 재판에서 이기기 어려운 사건이었는데, 조정위원이 내 의뢰인 앞에서 나를 칭찬해주셨던 일이 있었다.

"정말 어려운 사건인데 변호사님이 전략을 잘 짜서 너무 열심히 해주시고 계십니다. 이렇게 하기가 정말 어렵습니다."

밤을 세워가며 서류를 쓰고도 재판에서 이길 수 있을까 노심초사하던 사건이었다. 그런데 의뢰인 앞에서 노력을 알아주고 칭찬하시니 정말 감사했다. 그 사건은 조정이 결국 잘되진 않았지만, 조정을 하지 않겠다는 상대방과 긴 시간 이야기하며 설득해주신 것도 좋은 기억으로 남는다.

처음 조정위원이 되고 나서 조정위원장님이 물으셨다.

"안 위원은 변호사로 일할 때, 어떤 조정이 제일 좋았던 기억으로 남았어요?"

나는 그때의 이야기를 말씀드렸다.

"그래요? 좋은 조정위원이네요. 그럼 안 위원도 똑같이 해보세요."

나 역시 조정위원장님의 권유대로 의뢰인 앞에서 가급적 변호사님 칭찬을 많이 해드리려고 한다.

원고나 피고 본인들이 이미 재판 기록에서 읽어서 다 아는 내용을 미주알고주알 이야기를 할라치면 이렇게 말하곤 한다.

"선생님, 말씀 중에 죄송하지만 변호사님이 지금 말씀하신 내용을 서면에 너무 자세히 잘 정리해주셨어요. 그러니까 더 자세히 말씀 안 해주셔도 제가 잘 알고 있습니다."

그러면 당사자 본인들도 변호사가 잘 써주었구나 생각하고 안심하고, 변호사님도 얼굴이 밝아지신다.

"1심에서 지셨지만 변호사님이 항소이유서를 아주 설득력 있게 써주셔서 조정으로 온 것 같네요"

"이렇게 증거가 없는 사건에서 변호사님이 정말 열심히 해주시고 계십니다."

이런 말들을 하면 어쩐지 변호사님들 어깨에 힘이 들어가는 것 같기도 하다. 약점을 언급할 때도 직접적인 표현은 피한다.

"변호사님께서 이미 잘 설명해주셨겠지만 재판에 가시게 되면 이런 점도 생각해보셔야 합니다."

그러면 변호사님들은 의외로 열심히 자신의 의뢰인들을 설득해주신다. 소송의 유불리나 소송 비용 등 득실을 따져 합리적으로 설득을 해주시니 결국 모두에게 나쁠 게 없다.

요즘은 조정실에서 사건 본인들끼리만 싸우는 것이 아니라 변호사들도 서로 상대방을 공격하고 싸우려고 드는 경우가 점점 많아진다. 한두 번은 변호사님들끼리 몸싸움 직전까지 간

것을 말리려고 혼이 난 적도 있다.

사실 변호사는 법률 대리인이지 사건 본인이 아니기에 서로 감정싸움까지 할 이유는 없다는 게 나의 생각인데, 변호사수가 많아져 경쟁이 치열해지고 의뢰인들로부터도 압박을 많이 받으니 어쩔 수 없는 현상인 것 같기도 하다.

이렇게 변호사님들이 공격적으로 나올 때일수록, 칭찬의 효과는 더 큰 것 같다. 의뢰인 앞에서 변호사님들의 노고를 직접적으로 칭찬해드리면 변호사님들도 면이 서고, 의뢰인도 변호사가 돈만 받고 노는 것은 아니구나 하고 안도한다. 더불어 조정위원인 나에 대한 신뢰도 더 커지는 것 같다.

가끔은 옆에 변호사님이 있는데도 변호사를 '샀다'고 표현하는 분에게, 웃으며 이야기하기도 한다.

"변호사님 옆에 계신데 자꾸 변호사 샀다 그러지 마시고요. 하하."

그러면 열 내며 얘기하던 분도 갑자기 빵 터지며 옆의 변호사님을 힐끗 쳐다보신다. 얼굴도 살짝 붉어지신다.

"말씀 들어보니까 악연을 만나서 고생을 하시는 거 같은데… 변호사님은 정말 잘 만나신 거 같아요. 엄청 열심히 해주시고 계시거든요!"

1심에서 패소하고 올라온 변호사님 얼굴에도 화색이 도신다. 나가시며 내게 행복한 하루 보내라고 인사까지 해주신다. 이 사건은 아무래도 조정이 잘될 것 같다.

주니어 변호사 시절, 우리나라 초창기 상임조정위원으로 활동했던 황덕남 변호사님이 진행하시는 조정에 들어갔던 적이 있다. 당시 내가 일하던 로펌의 대표변호사님이 한국기독법률가선교회인 AK Advocates Korea의 총재님이었다. 경제적으로 어려운 개발도상국들의 법률가들을 초청해서 법률 세미나도 개최하고, 어려운 학생들을 초청해서 장학금을 주고 교육시켜 주시기도 했다.

이러한 사실과는 별개로 내가 대리하던 보험회사가 보험금 지급 책임이 하나도 없다고 주장하는 사건이어서, 피도 눈물도 없이 보험금 지급 의사가 없다고 단호하게 이야기해야 하는 상황이었다. 그런데 황덕남 변호사님이 웃으며 이렇게 말씀하시는 게 아닌가!

"변호사님이 일하는 법무법인 대표님을 제가 아주 잘 알아요. 대표님이 아주 훌륭하신 분입니다. 봉사도 많이 하시고 아주 좋은 일 많이 하시는 분이에요. 잘해주시리라 믿고 보험금 반 정도 지급하는 내용으로 조정하겠습니다."

대표님이 좋은 일 많이 하신다고 추켜세우시니, 대놓고 못 하겠다고 말씀드릴 수가 없어 나는 줄행랑을 쳤다.

"네, 그럼 조정안을 보내주시면 잘 검토해보겠습니다."

사무실에 돌아와 대표님께 보고드렸더니 대표님도 허허허 웃으실 뿐이었다. 역시 조정위원의 무기는 칭찬인가.

요즘 판사의 수는 줄어들고, 사건 수는 폭주하고 있다. "재판은 도대체 언제 열리는 거냐?", "판결은 언제 하는 거냐?" 하고 불만이 점점 높아진다. 특히 민사합의부 사건의 경우 소장 접수 후 첫 재판 기일이 지정되기까지 1년이 걸리는 경우도 있다. 2020년 우리나라 민사 사건의 평균 처리 기간을 살펴보면, 1심 판결이 선고될 때까지 평균 205.6일이 걸리고, 그중 민사합의부 사건은 30퍼센트 정도가 판결 선고까지 1년이 넘게 걸린다. 만일 최종심인 대법원까지 갈 경우에는 평균 904.7일이 걸린다.* P변호사님의 불만처럼 재판 지연 문제가 심각한 건 사실이다. 이런 현실에서 조정으로 사건이 빨리 해결될 수 있다면 변호사들과 사건 본인들에게 도움이 되지 않겠는가.

칭찬은 고래, 아니 변호사도 춤추게 한다.

---

*   법원행정처, '제5장 통계', 〈2020 사법연감〉, 2020.

봉우리

───────── 가족여행으로 제주도에 갔을 때였다. 여행 내내 망아지 같은 두 아이들 쫓아다니다 지친 나는, 남편에게 집으로 돌아가기 전 딱 2시간만 혼자만의 시간을 달라고 했다. 혼자 무얼 할까 잠시 생각하다, 호텔 앞에 올레 8코스가 있어서 무작정 따라 걸었다. 사람들이 많이 지나다니는 호텔 앞 해변 길을 지나 한참을 더 가자, 올레길이 자그마한 오름으로 이어졌다. 내게 주어진 시간은 짧았지만 오름을 앞에 두고 그냥 돌아가기엔 아쉬웠다. 얼른 올라갔다 오자고 마음먹었다. 그런데 비행기 시간을 놓치면 안 되니까 최대한 서두르기로 했다. 헉헉 숨을 가쁘게 내쉬면서 정상을 향해 오르고 또 올랐다.

세상의 모든 싸움을
조정해드립니다

'정상에 올라가면 탁 트인 제주의 바다가 보일 거야. 앉아서 쉴 만한 곳도 있겠지? 다리가 아프지만 그때까지만 참자.'

그런데 이상했다. 아무리 올라가도 머릿속으로 상상했던 정상이 없었다. 길은 그냥 오르막 산길에서 내리막 산길로 바뀌었다. 이러다 그냥 반대편으로 내려가는 건가 싶었다. 하지만 정상이 분명히 있을 텐데 하는 생각에 오기가 생겼다. '여기는 정상으로 가기 전 잠시 거치는 곳일 거야. 조금만 더 가볼까?' 최대한 목을 빼고 멀리까지 보았다. 정상까지 얼마나 남았을지 궁금했다. 그런데, 비행기 시간이 자꾸만 다가왔다. 아쉽지만 정상까지 가는 것은 포기했다. 열심히 올라왔던 길을 힘없이 터덜터덜 내려왔다.

그런데, 중간쯤 내려왔을까? 웬일인지 바삐 오를 때는 보이지 않던 산허리길이 눈에 띄었다. 호기심이 생겼다. 저리로 가보자. 조금 걸어가니까 갑자기 앞이 탁 트이면서 시야가 밝아졌다. "와!" 하는 감탄사가 나왔다. 기막히게 푸른 바다가 한눈에 보였던 것이다. 산 중턱에 이런 전망이 있으리라곤 상상도 못 했다. 덕분에 뜻하지 않게 제주의 바다 풍경을 파노라마로 감상했다. 정상에 올라가느라 흥건해진 땀을 식혀주는 산들바람은 보너스였다. 바쁘게 올라가느라 놓쳤던 그 길에 내가 정상에서 보기 원했던 바로 그 풍경이 있었다. 가장 멋진 것이 잃어버린 길 위에 있을 줄이야! 눈에 가슴이 시리도록 푸른 바다를 실컷 담고는 정해진 시간에 늦지 않기 위해 서둘러 길을 내려왔다.

'너무 늦었나?' 조바심이 났다. 부지런히 왔던 길을 되짚어 빠른 걸음으로 돌아와 호텔 문을 연 순간, 정확히 약속 시간 5분 전에 도착했다. 아이들과 남편이 반갑게 맞아주었다. 이렇게 나의 작은 일탈은 2시간도 안 돼서 끝났지만, 그 풍경은 아직도 내 마음속에 생생하게 남아 있다.

그날의 경험처럼, 우리는 종종 목표만을 보고 달려가다가 정작 중요한 것을 놓치는 경우가 많은 것 같다. 재판에 임하는 자세도 마찬가지다. 재판에서 이기기 위해 전력을 다해 싸우지만, 막상 승소 판결을 받고 나면 판결을 받는다고 모든 게 해결되는 것은 아님을 깨닫게 되는 경우도 많다. 재판에서 이기면 상대방이 잘못을 인정하고 무릎 꿇고 싹싹 빌 줄 알았지만, 도리어 판사가 엉터리 판결을 했다며 항소를 한다. 세 번

세상의 모든 싸움을
조정해드립니다

씩이나 재판을 하며 대법원까지 가서 힘들게 이겼는데, 이번에는 재산을 감쪽같이 숨겨놓고 돈을 한 푼도 주지 않는다. 산넘어 산이다. 나는 무엇을 하려고 재판을 했을까 하고 후회할수도 있다.

오늘의 조정 사건은 조금 복잡했다. 원고가 피고를 상대로 자신의 손해를 물어내라고 하면서, 또 다른 사람을 함께 묶어 소송을 걸었다. 피고가 다른 사람에게 재산을 다 넘겨버렸으니 이를 취소해달라는 것이다. 재판 결과, 피고는 1억 3,000만원을 물어내라는 판결을 받았지만, 다른 사람에 대해서는 가짜로 재산을 넘겼다는 증거가 없다는 이유로 패소했다. 문제는 피고가 아무 재산이 없어 돈을 받아낼 길이 없다는 데 있었다. 원고는 1억 3,000만 원을 받으라는 판결을 받았는데도 항소할 수밖에 없었다.

불행 중 다행으로 피고는 어찌 되었든 형편 닿는 대로 해결을 해주겠다며, 1심 판결 후에 원고를 찾아가 사정을 했다.

"사장님, 제가 사정이 어려워서 그러니 7,000만 원에 합의를 합시다! 여기 통장 보이시죠? 잔고가 딱 4,000만 원 남았습니다. 그리고 제 카드대출 한도가 3,000만 원이에요. 이거 한도까지 채워서 사장님 돈부터 해결해드릴게요. 그 이상은 제가 어쩔 도리가 없습니다. 죄송합니다."

카드대출 한도까지 꽉꽉 채워서 돈을 출금하는 것도 직접 확인시켜 주었다.

"음, 그럼 일단 7,000만 원 주고, 나머지는 형편이 되면 주든지 하시지요."

원고는 내심 나중에라도 돈을 다 받고 싶었지만, 그런 말을 입 밖에 꺼냈다가는 지금 주려던 돈도 안 줄 것 같아 우물쭈물 말을 얼버무렸다. 이 말을 들은 피고는 원고가 7,000만 원에 전부 합의해준 것이라고 자기에게 유리하게 해석해버렸다. 그러나 원고는 나중에 달라는 것이었지 안 받고 다 합의해줄 생각은 아니었다. 조정실에서 다시 만난 두 사람은 합의가 된 것인지, 안 된 것인지를 두고 팽팽한 기 싸움을 벌였다.

"사장님! 그때 제가 통장도 다 보여드리고, 현금인출기에서 돈 한도까지 뽑아서 드리는 것도 다 보셨잖아요. 어떻게 저를 이렇게 속일 수가 있습니까?"

처음에 정색을 하며 이렇게 말했던 피고는, 정 그렇다면

2,500만 원을 6개월에 걸쳐 나눠주겠다고 한다.

"아니, 그때 제가 언제 나머지는 안 줘도 된다고 했습니까? 나중에 달라는 거였지요! 그리고 제가 어떻게 그쪽 말을 믿고 6개월까지 기다립니까? 최대한 양보해서 3,000만 원을 더 받고 합의해드릴 테니, 다른 사람을 보증으로 세우세요. 보증 없이는 양보 못 합니다!"

원고는 이렇게 버텼다. 만약 보증도 없이 3,000만 원에 합의해줄 경우에 결국 금액만 깎고 돈은 안 줄 가능성이 높다는 것이다.

"나를 못 믿는 겁니까?"

원고의 말을 들은 피고는 기분 나쁜 기색을 보였다.

"아 진짜! 저 무시하세요? 2,500만 원이라면 당장이라도 줄 수 있다고요!"

피고가 큰소리를 쳤다.

"그럼 지금 계좌 이체를 해주시고, 그만 끝내시죠. 그리고 오늘 두 발 뻗고 주무시면 되겠네요."

나는 얼른 반색을 하며 말했다. 보증을 세우라고 버티던 원고도 오늘 당장 준다면 2,500만 원에 합의할 수 있다고 한다.

그런데, 큰소리치던 피고가 갑자기 예상치 못한 말을 한다.

"지금 통장에 2,500 들어 있어요. 그런데 기분이 나빠서 오늘은 못 줍니다! 일주일 있다 줄 테니 기다려요. 치사해서 원!"

일이 이렇게 되어버리자, 2시간 정도 거리를 운전해 온 양쪽 변호사님들은 이 먼 곳에 또 와야 한다고 하니 당황하신 표정이다. 오늘 당장 줄 수 있는 돈을 왜 일주일 뒤에 만나서 주겠다는 것인가. 돈은 주더라도 마지막 남은 오기를 부려보겠다는 심산이다. 우리는 마지막 남은 피고의 자존심을 지켜주기 위해 수첩을 꺼내 다음 조정 날짜를 잡았다.

"그럼 일주일 후에 뵙겠습니다."

여하튼 열리지 않던 피고의 주머니를 열었으니 오늘의 조정은 성공이나 마찬가지다! 돈 받기가 이렇게 어렵다.

최근 3년간의 법원 통계에 의하면, 승소 판결을 받아도 절반 정도는 상대방이 판결대로 이행하지 않아 강제 집행을 시도했다. 반면 조정으로 끝난 사건은 그 비율이 10퍼센트 정도로 현저히 낮았다. 결국 판결 결과에 승복하는 비율은 절반밖에 되지 않지만, 조정을 한 경우는 내가 약속한 일이기 때문에 90퍼센트 정도가 약속을 지켰던 것으로 보인다. 스스로 문제를 해결할 수 있는 능력과 의지가 얼마나 중요한지 알 수 있다.

그러고 보면 우리가 재판 과정에서 찾아 헤매던 봉우리는 단순히 승소 판결이 아니라, 나와 다른 상대방과 의견을 교환하고 갈등을 협의 및 조율하는 과정 자체로 볼 수도 있다. 영미법계에서 말하는 정의justice는 대륙법계에서 말하는 형이상학적이고 추상화된 절대적 정의가 아니라, 토론과 협상을 통해 발견되는 현실 속의 구체적이고 실질적인 상대적 정의라고 보는 이유도 여기에 있다. 누가 나 대신 허공에 떠 있는 정의를 찾아주는 것이 아니라, 나 스스로 상대방과 대화하면서 내 눈앞에 있는 문제의 해결책을 찾아가는 것이다.

자신의 억울함을 호소하면 솔로몬이나 판관 포청천처럼 판사가 알아서 정의로운 판결을 내려주리라 기대하던 시대는 지나갔다. 오히려, 책상머리에 앉아서 기록만 보는 판사가 과연 내 복잡한 사건에 대해 제대로 이해하고 있을까 의심의 눈으로 바라보기 십상이다. 요즘은 인터넷에 검색어만 입력해도 각종 판결과 법률 지식이 홍수처럼 쏟아진다. 유튜브에는 수많은 변호사들이 자신의 법률 지식을 서로 알기 쉽게 가르쳐

주려고 경쟁한다. 자신의 사건에 한해서는 웬만한 변호사보다 대법원 판결을 더 많이 아는 사람도 있다. 이처럼 세상은 점점 전문 지식을 나누어 가지는 시대가 되었다. 각자 스스로 갈등을 해결할 수 있는 여건이 갖추어져 가고 있는 것이다.

"어떻게 이 사건을 해결하고 싶으신가요?"

이렇게 묻는 이유는 조정은 판결과 달리 자유로운 합의가 가능하기 때문이다. 과거의 시시비비를 떠나 미래 지향적으로 이 사건을 어떻게 해결하고 싶은지 물어보면, 의외로 문제 해결의 열쇠는 각자의 마음속에 이미 가지고 있는 경우가 많은 것 같다.

그래서 얼마나 합의가 되겠냐고 생각할 수도 있다. 내가 일하고 있는 법원의 최근 통계를 살펴보면, 재판 중 조정으로 온 경우 약 30~40퍼센트는 조정 단계에서 해결되고 있다. 재판을 하다가도 일단 조정실 문을 열고 들어오신 분들 10명 중 3~4명은 사건이 해결되어 더 이상 법원에 오지 않게 된다는 것이니 생각보다 높은 비율이다.

다시, 산봉우리 너머로 보이는 제주의 푸른 바다를 떠올려본다. 재판 중 한 번은 거쳐 가는 나의 조정실도 산 정상으로 오르는 길에 있는 산허리길이 될 수 있을 것 같다. 앞만 보며 바삐 올라가는 등산객들에게 산허리길 입구를 안내하는 사람이 되어야겠다. 손을 흔들면서 여기 경치가 기막히게 좋은 산허리길로 들어가는 입구가 있으니 한번 들렀다 가시라고 권해보자. 산을 오르며 흥건히 흘렸을 땀을 닦을 손수건과 시원한 물이 든 물통을 준비하고서 말이다.

가족들과 제주도 여행을 다녀온 지 한참이 지난 어느 날, 라디오에서 양희은님의 목소리로 낮게 읊조리며 시작하는 노래가 들려왔다. 〈봉우리〉라는 노래다. 가사를 가만 들어보니 예전 올레길에서의 경험이 떠올랐다. 이 곡은 1984년 로스앤젤레스 올림픽 때 메달을 못 따서 선수촌에도 못 남고 집으로 돌아간 이들을 위한 다큐멘터리 주제곡으로 김민기님이 작곡, 작사한 노래라고 한다. 가사 일부를 옮겨본다.

사람들은 손을 들어 가리키지.
높고 뾰족한 봉우리만을 골라서.

내가 전에 올라가보았던 작은 봉우리 얘기해줄까.

(…)

일단 무조건 올라보는 거야.

봉우리에 올라서서 손을 흔드는 거야.

고함도 치면서.

지금 힘든 것은 아무것도 아냐.

저 위 제일 높은 봉우리에서 늘어지게 한숨 잘 텐데 뭐.

허나 내가 오른 곳은 그저 고갯마루였을 뿐.

길은 다시 다른 봉우리로.

거기 부러진 나뭇등걸에 걸터앉아서 나는 봤지.

낮은 데로만 흘러 고인 바다.

(…)

하여 친구여 우리가 오를 봉우리는 바로 지금 여긴지도 몰라.

우리 땀 흘리며 가는 여기 숲속의 좁게 난 길.

높은 곳엔 봉우리는 없는지도 몰라.

그래 친구여 바로 여긴지도 몰라.

우리가 오를 봉우리는.

조정은
약분과 통분

──────── 초등학교 5학년 딸아이가 요즘 학교 수학 시간에 약분과 통분을 배우고 있다. 숙제를 봐주며, 내가 하고 있는 조정도 비슷하다는 생각이 들었다.

아무리 대립각을 세우며 서로 날이 선 비난을 하는 사람들도 같은 마음이 있다. 최소한 '나만 손해 본다', '상대방이 밉다', 무엇보다 '정말 지긋지긋하다', '이 싸움을 빨리 끝내고 싶다'는 데는 마음을 같이한다. 때로는 '이 사건은 조정이 절대 될 수 없다'에 아주 화기애애하게 의견이 일치하기도 한다!

오늘은 절대 조정은 안 하고 끝까지 갈 데까지 가보겠다는 분들과 이야기하다가, '소송하면 변호사들만 좋은 일 시킨다'

는 데 유일하게 두 분의 의견이 일치했다. 모처럼 의견이 일치하니 기분이 좋아지셨는지 함께 '하하하' 웃으시더니 갑자기 조정을 하시겠다나.

홍수같이 토해내는 말들 사이를 헤집고 서로 비슷한 돌조각을 찾아내는 게 나의 일인 듯하다. 예컨대 아파트 매매계약에 대한 분쟁이 있을 경우에는 '1. 매매계약을 유지할 것인지' 아니면 '2. 매매계약을 파기할 것인지' 큰 방향을 먼저 정한다. 방향이 합의되면 그다음 단계가 금액 조정이다.

금액 차이가 많이 나면 조정이 잘되지 않고 적게 나면 잘될 것으로 생각들을 하지만 내 경험으론 그렇지 않은 경우가 많았다. 제일 중요한 건 금액 차이가 아니라 이 분쟁을 반드시 끝내겠다는 의지다. 수억 원이 차이가 나도 이 의지만 있으면 합의가 되고, 50만 원 차이가 나도 저 사람과는 절대 합의할 수 없다는 생각이 있으면 조정이 될 수 없다.

내 땅 위에 있는 다른 사람의 건물을 철거해달라는 소송이나, 내 땅이 맹지라 다른 사람의 도로를 이용하게 해달라는 주위토지통행 사건처럼 복잡한 사건도, 한쪽이 필요한 땅을 매수하는 걸로 하자고 큰 방향만 정해지면 70~80퍼센트 이상 조정이 된 것으로 보면 된다.

약분을 통해 서로의 공통점을 찾아내 공통분모로 통분한 후, 더하기 빼기로 합의안을 도출해나가면 도저히 풀 수 없을 것 같은 아귀다툼 속에서도 해결의 실마리를 찾아갈 수 있지 않을까 싶다.

때로 서로의 공통점을 찾기 위해서는 표면적으로 드러나는 주장보다, 진정으로 원하는 것이 무엇인지 더 깊이 대화를 나눠보아야 하는 경우도 있다. 90세 노모가 딸들에게 살고 있는 집과 논밭을 모두 증여했는데, 다시 내놓으라는 소송이 있었다. 딸들과 사위들에게 협박당해서 준 거라고, 내 뜻이 아니었다고 말이다. 반면, 딸들은 이 소송이 어머니의 뜻이 아니라 오빠들이 배후에 있다고 반발했다. 엄마와 딸들 사이, 오빠들과 여동생들 사이에 사문서위조, 협박, 강요, 주거침입, 폭행 등등 무시무시한 형사고소 사건들도 줄줄이 비엔나소시지처럼 붙어 있었다.

조정실에 들어가니 휠체어 탄 어머님과 삼 형제가 총출동했고, 딸들은 안 보인다. 대신 딸들을 대리하는 변호사님만 자리

했다. 연로하신 어머니가 힘도 없고 말도 잘 못 알아들으셔서 안쓰러웠는데, 장성한 아들 셋이 오랜만에 함께 모여 뭐라는지 모르겠지만 당신 편을 들어주니 점점 화색이 도시는 것 같다.

"이렇게 모인 게 얼마 만이세요?"

아들들에게 물어보자 한참 오래됐다고 답한다. 수년 전 명절 때 모이고 처음이라고 하던가?

"그러시군요. 어쩐지 어머님이 아주 기운이 나시는 것 같아요. 이렇게 아드님들이 다 모여 계시니 말이에요. 아주 든든해하시는 것 같네요."

이어서 말씀이 제일 많은 둘째 아들에게 물어보았다.

"그럼 방금 말씀하신 둘째 아드님은 어머니께 용돈 얼마 보내드리세요?"

둘째 아들은 머쓱해하며 사실 하나도 못 보냈다고 대답한다. 아까 여동생들의 후안무치를 성토하던 당당함은 사라지고 목소리가 개미만 하다.

"아이구, 미안하셔서 말씀을 제일 많이 하셨나 보네요."

웃으며 말씀드리자 둘째 아들도 겸연쩍게 웃으며 수긍한다.

"이유야 어쨌든 간에, 기왕 이렇게 모이신 김에 오늘 꼭 삼

세상의 모든 싸움을
조정해드립니다

형제가 어머님하고 같이 주무시고 가세요. 보세요. 어머님이 얼마나 좋아하시는지."

아들들과 어머님이 조정 대기실로 나가시고, 순서를 바꾸어 들어오신 딸들의 변호사님이 말씀하신다.

"큰아들이 어머님 재산을 자꾸 낭비해서 어쩔 수 없이 재산을 지키려고 증여받은 겁니다."

양쪽의 말씀을 듣고 보니, 아들들이나 딸들이나 모두 어머님의 재산을 다른 형제들로부터 지키고 싶다는 공통된 마음이 들여다보인다. 그리고 혼자 계신 어머님께 서로 잘해야 한다고 윤리적 비난을 하고 있다는 공통점이 있다.

나는 어머님께서 돌아가시기 전까지 증여받은 부동산 처분을 하지 않기로 하고 형제들이 어머님께 공평하게 용돈을 매달 드리는 걸로 하시자고 조정안을 제시해보았다. 형제들끼리 서로 아무리 미워도 어머님에 대한 도리는 다해야 하지 않겠냐고 호소하면서 말이다.

얼마 전에는 LH(한국토지주택공사) 직원들이 신도시로 지정될 지역 땅을 미리 사놓고 보상이 많이 나오는 묘목들을 골라

심어놓은 일로 전국이 난리였다. 이곳 법원에 온 지 얼마 지나지 않아 진행한 일명 '배롱나무 사건'이 떠올랐다. 친구끼리 돈을 반씩 투자해서 땅을 사고 배롱나무를 잔뜩 심었는데, 한 친구가 외국에 오래 나가 있던 사이에 다른 한 친구가 나무에 대한 보상금을 홀랑 타먹었다는 것이었다. 오랫동안 서울에서만 변호사 생활을 했던 순진한 나로서는, 여기 지방 소재의 법원에 와서 처음 접한 사건 유형이었다. 나무를 심어놓으면 정부에서 토지를 수용할 때 돈을 더 쳐준다는 것도 처음 알았고, 이를 노리고 투자 방법으로 활용한다는 것도 생소했다. 그런데 이미 알 만한 사람은 다 아는 투자 방법이었던 것이다.

최근 몇 년 사이 세종시 아파트 매매 관련 소송도 굉장히 많았다. 지금은 주춤해졌지만, 모두 아시다시피 아파트 값이 짧은 시간에 너무 많이 올랐기 때문이다. 한두 달 사이에 시세가 몇천만 원씩 오르니 매도인은 계약금 배액을 주고라도 계약을 파기하려고 하고, 반대로 매수인은 없던 중도금을 만들어 재빨리 계좌에 입금해버리고 이제 계약을 파기할 수 없다고 버틴다.

상대방이 계좌번호를 없애버리고 돈을 받길 거부하자, 하루라도 뒤질세라 같은 날 공탁소로 달려가 서로 계약금 배액과 중도금을 공탁한다. 공탁 번호 1번, 2번을 사이좋게 나누어 갖는다. 공탁 번호 하나 차이로 아슬아슬하게 늦어버린 쪽은 상대방이 접수만 먼저 하고 입금은 하루 늦게 했다며 시비를 걸기도 한다. 이런 사건은 정말로 조정이 잘되지 않는다. 6개월 만에 2억 원이 오르고 1년 새 5억 원이 올라버리니, 누가 아파트 주인이 되느냐에 따라 수억이 오락가락하는 문제인데, 우리 국민들이 내 집에 얼마나 인생과 영혼을 다 주는가 말이다.

형제들끼리 싸우는 상속 사건도 매년 늘어나고 있다. 부모님이 평생 농사짓고 사시던 땅값이 천정부지로 오르자 이전에는 시골 땅에 관심도 없던 형제들이 갑자기 자신의 지분을 내놓으라며 소송을 시작하곤 한다. 처음엔 형제들끼리 왜 이러시냐며 싸움을 말리던 나도, 이제는 "차라리 얼마 주시고, 앞으로 보지 말고 사세요. 꼭 가족끼리 보고 살아야 하는 건 아니라고 하더라고요"라고 이야기하기에 이르렀다. 나를 힘들게 하는 가족이라면 차라리 안 보고 사는 게 정신 건강에 좋다는 이야기는 실제로 정신과 의사 선생님이 강연했던 내용이다.

사이좋게 지내시라면 귓등으로도 안 듣던 분들도, 꼭 안 보고 살아도 된다 말씀드리면 낯빛이 되레 환해지신다. 얼마나 마음이 괴로우면 그럴까 싶다.

LH 사태와 세종시 아파트 사태, 그리고 피를 나눈 형제들 간의 상속 싸움. 언뜻 보면 연관성 없어 보이는 이 사건들도 사실 한 가지 공통점이 있는 것 같다. 바로 사촌이 땅을 사면 배가 아프다는 심리다. 시기심, 질투의 감정이다. 모든 사람에게 욕망이 있는 것이야 말해 무엇 할까. 다만 나도 갖지 못하고 너도 갖지 못한다면 마음 불편할 일이 없을 것을, 어찌하여 나는 이것밖에 갖지 못하는데 너만 많이 갖는단 말인가. 이것이 문제로다. 내가 가진 것이 아무리 많다 한들, 나보다 상대방이 더 많이 가지면 불행하다고 여기는 것이다.

그러나 온갖 모양의 투자를 빙자한 투기, 조금이라도 비용과 세금을 줄이기 위한 불법과 명의신탁 유형들을 수년간 보아온 나의 경험으로는, 욕심이 좋은 결과로 이어지기는 어렵다는 결론이다. 함께 사이좋게 돈을 투자했던 친구들, 흔쾌히 명의를 빌려주었던 형제들은 눈앞의 이익에 눈이 멀어 쉽게 생각이 바뀐다. 결국 소송이 붙고 서로 철천지원수가 되는 경우가 허다하다.

이렇게 내가 손해 보는 일이 없다고 하더라도, 상대방이 조금이라도 나보다 이익을 보는 건 싫은 것이 간사한 사람의 마음이다. 그 상대방이 가족이고 형제일지라도 말이다. 이런 심리를 잘 들여다보면 어떻게 조정을 해야 할지 길이 보이기도 하는 것 같다.

그런데 공통점을 찾아 조정의 큰 방향을 정하더라도, 양쪽이 생각하는 금액은 항상 다르기 마련이다. 돈을 받으려는 쪽은 항상 시세를 높게 부르고, 돈을 주려는 쪽은 낮게 부른다.

원고와 피고는 형제간이다. 아버지가 물려주신 건물이 서로 본인 것이라고 싸우고 있다. 먼저 건물 등기명의를 가지고 있는 형님이 말한다.

"이 건물은 최소 1억을 내놔야 등기를 넘겨줄 수 있지, 그 이하로는 절대 안 돼."

그러자 동생이 질세라 대꾸한다.

"그 낡은 건물이 1억은 무슨 1억이나 해? 1,000만 원에 넘기면 모를까."

1억 원과 1,000만 원의 차이라… 이쯤에서 내가 슬쩍 끼어든다. 먼저 건물이 1,000만 원밖에 안 한다고 주장하는 동생분에게 묻는다.

"건물이 1,000만 원밖에 안 한다고 하시니, 형님한테 낡아 빠진 건물 대신 그냥 돈으로 1,000만 원만 받으시면 건물 등기 안 넘겨받으셔도 되겠네요. 그렇지요?"

그러자 동생이 깜짝 놀라며 펄쩍펄쩍 뛴다.

"그게 무슨 소리죠? 난 1,000만 원만 받고는 그 건물 포기 못 해요!"

내가 눈을 동그랗게 뜨고 반문한다.

"네? 아니 왜죠? 건물이 1,000만 원짜리라면서요."

이번엔 반대로 건물이 1억 원이라고 주장하는 형님에게 물어본다.

"형님께서는 건물이 1억 원이나 된다고 하셨죠? 그럼 동생한테 헐값인 1,000만 원에 팔 바에는 그냥 갖고 계시다 딴 사람한테 1억 원 받고 파시면 되겠네요?"

그러자 형님은 딴소리를 한다.

"네? 그 낡은 건물 다른 사람은 살 사람도 없고 쓸데도 없어요. 어쨌든 동생한테 팔 거예요."

내가 다시 눈을 동그랗게 뜨고 반문할 차례다.

"네? 아니 방금 시세가 1억 원짜리라고 하셨잖아요?"

이쯤 되면 본인들도 속마음을 들킨 것 같아 약간 주춤해지신다. 그럼 나는 속으로 웃음을 참으며 그 중간 어디쯤으로 조정을 제안해본다.

여러 번 묻고 답하다 보면 이렇게 당사자들의 속마음이 들여다보일 때가 있다. 손해 보기가 싫어 부풀려 혹은 줄여 말씀하시는 것일 테지만, 속마음이 드러나고 나면 오히려 한 발짝 더 합의에 다가서게 된다. 이렇게 대화를 하며 화해의 단서를 찾는 것이 조정의 묘미이자 재미랄까. 그래도 똑같은 땅값이 똑같은 건물 가격이 10배씩 차이 나는 건 너무하신 것 아닌가요?

이렇게 적정 시세에 대한 입장은 항상 터무니없이 차이가 난다. 이런 차이는 부동산 시세를 전문적으로 감정하는 감정평가사 조정위원님에게 현장 조사를 부탁드리는 방법으로 해결 가능하기도 하다.

또한 항상 그런 것은 아니지만, 대략 돈을 받아야 하는 사람은 자신이 원하는 금액의 2배 정도를 부르고, 돈을 줄 사람은 최대한 줄 수 있는 금액의 절반 정도를 부르는 경향도 있는 것 같다. 그럼 나는 앞에 놓인 계산기를 두들기며 반으로 나누어도 보고, 2배로 곱해보기도 하며 열심히 조정안을 만들어본다.

때로는 마지막 순간에 어느 한쪽의 명분을 세워주어야 할 때도 있다. 우리나라는 아직 나이를 중시하는 사회이므로, 형님 되는 분에게 생각했던 금액에서 조금 더 상징적으로 금액을 올려드리기도 한다. "그래도 형님 자존심이 있으니까 이 정도 조금 더 얹어드리시지요?"라고 슬쩍 제안하면서 말이다.

때로는 경제적 형편이 어려운 분의 사정을 이야기하며 조금 금액을 깎아보기도 한다. "그래도 선생님께서 형편이 조금 더 나으시니까 저쪽 사정을 좀 봐주시면 좋겠네요. 돈이 부족해서 이 소송을 하는 것은 아니지 않으십니까? 괘씸해서 그러시는 것이지요"라고 마음을 읽어드리면서 말이다.

그래도 차이가 좁혀지지 않을 때면, 조정안을 보내드리겠다고 하고 혼자 방으로 돌아와 머리를 싸맨다. 그러다 같은 방을 쓰는 후배 조정위원들에게 물어본다.

"이런 사건이 있는데, 김 위원 같으면 얼마로 보내겠어요?

100만 원? 200만 원?"

마음속으로는 '그냥 마음대로 하세요!'라고 외치고 싶을 텐데, 우리 착한 후배님들은 진지하게 의견을 주곤 한다.

"150만 원은 어떨까요?"

"응? 그거 좋은 생각인데?"

"아, 그런데….”

저기 조용히 있던 정 위원이 침묵을 깨고 이야기한다.

"저는 300만 원 정도로 할 것 같은데요?"

더 고민되고 괜히 물어봤다 싶다. 다시 애꿎은 계산기를 두들겨본다. 이렇게 하면 원고가 섭섭해할 것 같고, 저렇게 하면 피고가 화를 낼 것 같다. 누구도 실망시키고 싶지 않은 이 마음, 나는 아무래도 결정장애가 있나 보다.

"그렇다고 해서
내가 지는 것은 아니다"

————— 여러 해 전에 '따뜻한 말 한마디'라는 제목의 드라마가 있었다. 따뜻한 말 한마디가 이혼의 위기를 겪는 부부를 다시 이어주는 계기가 된다는 의미의 제목이었던 것으로 기억한다. 그런데 이런 '따뜻한 말 한마디'는 치열한 다툼의 현장인 재판 과정에서도 꼭 필요한 것 같다.

요즘 재판 기록을 읽다 보면 "상대방의 주장은 일고의 가치가 없다"거나 "변호사로서 이런 무지한 주장을 할 수 있느냐", "변호사가 법을 제대로 알고 있는지 의심스럽다", "전부 거짓말이다", "소송사기다", "어불성설이다" 등 언뜻 보아도 상대방 기분이 상할 만한 표현이 종종 눈에 띈다.

'의료문제를 생각하는 변호사 모임'의 대표였던 이인재 변호사님으로부터 기억에 남는 말씀을 들은 적이 있다. 교통사고나 의료사고 사건에서 병원이나 보험사 편을 변호하더라도, 사고 피해자들에게 먼저 '불의의 사고를 당한 데 대해 깊은 위로를 전한다'거나, '아픔을 겪게 된 데에 대해 유감의 뜻을 전한다' 등의 표현을 꼭 써달라고 하셨다. 이런 한두 마디 위로의 표현만으로 피해자들의 마음이 많이 누그러진다는 것이다.

논쟁으로 대립하는 와중에도 상대방의 슬픔과 고통에 공감과 위로의 마음을 전할 수 있다. 그렇다고 해서 내가 지는 것은 아니다. 하지만 우리는 종종 '미안하다', '죄송하다'고 말하면 내가 잘못을 인정하고, 상대방의 주장을 모두 수용하는 것처럼 생각하는 경우가 많다. 내가 지고 들어간다고 여긴다. 하지만 우리는 최소한 같은 슬픔과 고통의 감정을 가진 인간으로서 "당신의 불행에 유감의 뜻을 전한다"라고는 말할 수 있지 않은가.

산업재해 사고나 교통사고, 의료사고 피해자들이 조정실에서 많이 하는 말이 상대방이 한 번도 사과를 하지 않았다는 것이다. 어떻게 사고로 다쳐 수술을 받고 병원에 누워 있는데 찾아와 보지도 않느냐고 한다. 만약 미안하다고 한 마디라도 했다면 이렇게 소송까지는 오지 않았을 거라고도 말한다. 학교폭력 사건이나 직장 내 성추행 사건, 명예훼손 사건도 비슷하다. 가장 바라는 것은 진정한 사과라는 말을 자주 듣는다.

그래서 나는 특히 이런 사건을 진행할 경우 제일 먼저 피해자분들을 향해 위로의 말부터 전한다.

"먼저 불의의 사고를 당하신 점에 대해 정말 안타깝게 생각합니다. 얼마나 힘드셨을지 짐작하기도 어렵습니다. 이렇게 힘든 일을 당하셨는데 어려운 소송까지 하시게 되어 더 마음이 무거우시겠어요"

그러면 결연했던 피해자분들의 눈빛이 일순간 순해지는 것이 느껴진다. 조정실의 분위기도 훨씬 부드러워진다. 소송 상대방이 보험사일 경우에도 다음처럼 말씀드리면 대부분 고개를 끄덕이며 수긍하신다.

"보상이 원하시는 대로 빨리 이루어지면 좋겠지만, 보험사도 많은 보험계약자들로부터 보험료를 받아 보험금을 주는 것이고 과도한 보상이 되지 않았는지 감사까지 받고 있기 때문에 부득이 소송까지 하게 된 것으로 생각됩니다. 화가 나실 수도 있고 스트레스도 많이 받으시겠지만, 이런 상대방의 입장도 이해해주시면 감사하겠습니다."

반대로 피해자들이 너무 돈을 많이 달라고 요구한다거나, 거짓말을 한다며 비난의 말을 한다면, 피해자들은 마음의 문을 더 꽁꽁 닫고 화해의 자리로 나올 생각이 없어진다. 그래서 경험이 풍부한 유능한 변호사님일수록 최대한 조심스럽게 정중한 예의를 갖추어 상대방을 대하시는 걸 알 수 있다.

초등학교 여자 친구들 사이에서 일어났던 '왕따' 사건이 조정 사건으로 회부된 적이 있다. 친구들이 단체 카톡방에서 피해 학생만 남겨둔 채 전부 나가버린다던지, 피해 학생 본인을 욕하거나, 피해 학생 부모님까지 욕을 했다. 일명 '패드립'이다. 피해 학생은 정신과에서 심리상담까지 받을 정도로 충격을 받아 학교생활과 일상생활이 불가능할 정도였다. 그런데 가해자들 중 원래는 피해 학생과 친하게 지냈던 친구도 끼어 있었다. 그 친구는 다른 무리의 친구와 어울리면서 본의 아니게 피해 학생과 멀어졌다. 그래도, 자신은 욕을 한 적도 없고 몇 번은 말리기도 했는데, 단체 카톡방에 함께 있었다는 이유로 학교폭력의 공범으로 지목된 것이 너무 억울했다. 그래서 친구 역시 위축되고 고통스러워 심리상담을 받게 되었다.

피해 학생 어머니는 그 친구와는 원만히 사건을 마무리하고 싶다는 의사를 밝혔다.

"원래 친했기 때문에 더 배신감이 컸어요. 그래서 소송까지 하게 되었지만, 친구도 심리상담까지 받은 줄은 몰랐네요."

그러자 친구의 어머니도 고개를 숙였다.

"처음에는 다른 친구들에 비해 크게 잘못을 한 것도 없는데 함께 소송을 당하게 되어서 솔직히 화가 났어요. 하지만, 입장을 바꾸어 생각해보니 피해 학생 어머니의 심정을 이해하겠더라고요. 문자로 여러 번 사과 말씀드렸지만, 다시 한 번 진심으로 사과합니다."

두 친구의 부모님은 이렇게 마음을 나눈 끝에 금전적인 보상은 하지 않고 "서로에게 마음의 고통을 준 데 대해 진심으로 사과하고, 자녀들이 건강하게 자라기를 바란다"라고 조정문에 쓰고 화해하기에 이르렀다.

반대로 사과만 한다면 쉽게 끝날 수 있는 사건을 자존심을 내세워 비난만 하다가 손해를 보는 사건들도 많다.

큰언니가 막내 여동생을 상대로, 부모님이 주신 재산 중 자신의 상속분을 달라는 소송을 걸었다. 팔 남매의 맏이인 언니는 장애로 다리가 불편한 막냇동생을 업어 키웠다. 큰언니는 동생이 결혼해서 아이를 낳자 집안일도 거들어주고 아이도 돌봐주었다. 그럼 언제부터 모녀 관계 같았던 이분들의 관계가 틀어졌을까.

동생은 몸이 불편해 부모님의 아픈 손가락이었다. 경제적으로 여유가 있었던 아버지는 막냇동생에게 가게를 차려주고 결혼할 때 집도 마련해주었다. 반면 큰언니는 부모님이 반대한 결혼을 했다는 이유로 아무런 도움을 받지 못했다. 형부는 성격이 급하고 정의감이 강해 바른말을 참지 못해 아버님과 늘 부딪쳤다.

부모님이 돌아가시자 형부는 상속분을 요구했다. 동생은 부모님 모시느라 남은 것이 없다고 했다. 그렇다면 증여세 포탈로 국세청에 신고하겠다는 형부의 일갈에 동생도 악을 쓰며 맘대로 하라고 했다. 형부는 그길로 국세청에 신고를 하고 민사소송까지 걸었던 것이다.

"어떤 점이 제일 속상하셨어요?"

마음이 심약하고 말주변이 없다는 큰언니에게 여쭤보았다.

"내가 저를 그렇게 업어 키웠는데 청소해주러 갔을 때 청소를 왜 이렇게 했냐며 성질을 내서 상처를 많이 받았어요. 그래서 그 뒤로는 찾아가지도 않았지요. 나를 너무 무시하는 것 같아서요. 그래도 남편이 국세청에 신고한 건 잘못한 것 같아요. 동생이 너무 세금을 많이 물게 되어 불쌍해요."

그동안 힘들게 살아온 이야기를 하면서 마음이 많이 편안해졌고, 내 이야기를 들어주어 너무 고맙다고도 하셨다.

사실 재판을 하면서 마음에 담아둔 이야기를 할 수 있는 기회는 거의 없다. 한 판사가 맡고 있는 사건이 너무 많아 서류를 미리 제출하고 재판 날에는 제출한 서류를 확인하는 정도로 진행될 수밖에 없기 때문이다. 한 사건당 재판 시간은 5분 내지 10분 정도나 될까? 하지만 조정을 할 때는 넉넉히 30분에서 한 시간 정도를 잡아두기 때문에 그간 하고 싶었던 이야기를 허심탄회하게 할 수 있다.

만약 동생이 언니 마음에 상처를 주어 미안하다고 진심 어

세상의 모든 싸움을
조정해드립니다

린 사과를 했다면, 아마도 마음 약한 언니는 형부를 설득해서 소송을 더 이상 하지 말자고 했을 것이다. 하지만 동생은 형부가 국세청에 자신을 신고했다는 사실에 화가 나 오히려 언니와 형부를 비난하기만 했다. 이 사건은 합의가 되지 않아 결국 재판으로 진행되었지만, 동생이 재판에 져서 언니에게 돈을 주어야 했다. 엄마 같은 언니도 잃고 돈도 잃은 것이다.

최근 소송에서 진 사람이 상대방 변호사 사무실에 방화를 해서 많은 사람들이 희생당한 안타까운 사고가 있었다. 대구 변호사 사무실 화재 사건이다. 피해자분들의 명복을 빌고 유족분들에게도 안타까운 위로의 마음을 전한다. 변호사업계는 충격과 경악에 빠졌지만, 인터넷 기사 댓글들을 보면 악성 댓글들도 많았다. 우리나라 사법 시스템에 대한 불만이 얼마나 큰지 알 수 있는 부분이다. 많은 이들이 분노의 사회를 살아가고 있다. 있을 수 없는 끔찍한 사고이기는 하지만, 재판 과정에서 이 분노의 감정을 조금이나마 해소할 수 있는 기회가 있었다면 어땠을까 생각해보게 된다.

꼭 의료사고나 교통사고, 산재사고와 같이 누군가 다치거나 죽는 사고가 아니더라도, 많은 개인 간의 소송은 상대방으로부터 사과와 승복을 받아내기 위한 감정싸움 내지는 자존심 싸움인 경우가 많다. 내가 잘못한 점이 있다고 하더라도, 상대방이 나에게 준 상처를 생각하면 오히려 괘씸한 마음이 더 크기 때문이다. 그래서 상대방에게 진심 어린 마음을 전하는 것은 사실 재판을 하는 것보다 더 큰 용기가 필요한 일일 수도 있다.

"괴물과 싸우는 사람은 그 싸움 중 괴물이 되지 않도록 조심해야 한다." 프리드리히 니체의 명언이다. 긴 싸움 중에 나도 괴물이 되지 않으려면 이 싸움을 빨리 끝내는 편이 더 나을 수도 있다. 치열한 싸움일수록 더 그렇다.

내가 근무하는 법원에는 정원을 가꾸고, 화분들을 돌보는 일을 하는 공무직 아저씨가 일하고 계신다. 나와 같은 층에 아저씨의 온실이 있어서 가끔 아저씨와 마주칠 때가 있다. 오늘은 조정위원장님이 아저씨에게 인사치레로 "봄이 되니, 꽃들이 여기저기 피네요. 꽃들은 왜 이렇게 예쁠까요?"라고 덕담처럼 건넸는데 아저씨가 "꽃은 짧게 피잖아요. 그러니 예쁘지

세상의 모든 싸움을
조정해드립니다

요"라고 퉁명스레 대답하셨다나. 그런데 위원장님은 곱씹어볼
수록 '화무십일홍'이라고 그 말씀이 맞다는 생각이 드셨다고
한다. 항상 무뚝뚝하고 투박하게 느껴지던 아저씨에게서 철학
자의 향기가 느껴지는 순간이다.

나도 사무실에 햇볕이 잘 들어 작은 화분들을 두고 키우기
시작했다. 햇볕을 조금이라도 더 쪼이려고 창밖에 꺼내놓으면
어느새 아저씨가 다가와서 열심히 물을 주신다. 법원 화분들
도 너무 많아 관리하기 힘드실 텐데, 하찮은 내 화분까지 와서
물을 주실 것까지야. 그런데, 그냥 한두 번 지나가다 주시는
것이 아니라 정말 하루도 빼놓지 않고 들여다보고 가신다. 한
창 일하고 있는데 등 뒤 유리창에 인기척이 느껴지면 어김없
이 아저씨가 작은 화분을 요리조리 돌려보고 계시는 것이다.

조정위원으로 일한 첫해는 거의 주말마다 밀린 일을 하기
위해 출근하곤 했는데, 주말에도 어김없이 아저씨가 오셔서
화분을 가꾸는 모습을 보았다. 토요일에도, 일요일에도⋯ 어
지간히 이 일을 좋아하시는 것이 아니면, 엄청난 책임감이다.

그러고 보니 나는 또 왜 주말마다 나와서 일을 하는 걸까?
나도 참 이 일을 좋아하는 것 같다는 생각을 했다. 하루라도

돌보지 않으면 마음이 쓰여 매일매일 화분을 들여다보는 정원사 아저씨처럼, 나도 내게 주어진 일에 애정을 갖고 물을 주고, 바람을 쏘이고, 햇볕을 쪼이고 있는 것일 게다.

수년간의 법정 싸움에 지쳐 메말라 있는 분들의 마음에도 봄볕과 같은 '따뜻한 말 한마디'가 필요하다. 내가 건네는 말 한마디에 사람들의 마음이 조금이라도 따뜻해지고 촉촉해지기를 바라본다. 그러면 어느새 땅속에 숨어 보이지 않는 것 같았던 화해의 새싹이 돋아날 수 있지 않을까? 오늘도 기도하는 마음으로 두꺼운 기록을 읽고 조정실에 들어선다.

세상의 모든 싸움을
조정해드립니다   1부

그게 화가 날
일입니까?

─────── 최근 선거철을 겪으면서 우리 사회는 점점 싸움과 분노의 사회가 되어간다는 생각이 든다. 2030세대와 4050세대가 갈라지고, 남성과 여성이 갈라져 서로 싸우고 있다. 대화와 토론이 아니라 갈라치기와 진영 논리가 우선한다. 본질적인 문제가 아니라 지엽적인 문제로도 대립각을 세운다. 싸움을 위한 싸움을 하고 있다는 인상을 받는다.

중앙대 독어독문학과 김누리 교수님은 라디오 인터뷰[*]에서 우리 시대의 키워드는 '분열'이라고 하셨다. 영국 킹스칼리

---

[*] CBS 〈김현정의 뉴스쇼〉 인터뷰, 2022년 3월 15일.

지런던 정책연구소에서 28개국 2만 8,000명을 대상으로 분열 정도를 조사했는데 우리나라가 압도적 1위를 차지했다는 것이다. 해당된 7개 항목은 1. 빈부 갈등, 2. 이념 갈등, 3. 정당 갈등, 4. 세대 갈등, 5. 남녀 갈등, 6. 종교 갈등, 7. 학력 갈등 순서였다고 한다. 이에 대한 해법으로 교수님은 교육을 제안 하신다.

생각해보니 우리나라 민주주의 역사는 정치적으로 독재 정권에 대한 투쟁과 싸움의 역사였다. 그래서 민주주의가 꼭 싸워야 하고, 투쟁해야 하는 것처럼 여겨지는 경우가 많다. 경제 영역이나 일상의 영역에서는 아직 민주주의 문화가 충 분히 스며들지 못하고 있다. 목소리가 큰 사람이 이긴다거나, 논쟁을 시작하면 눈물부터 난다거나 하는 말들을 많이 한다. 이런 의미에서 교육 현장에서부터 대화와 타협, 토론 더 나아 가 분쟁 해결 방법을 가르친다면 의미가 있을 것 같다.

사법연수원에 입소하기 전 최일도 목사님이 진행하시는 영 성수련에 참가한 적이 있다. 영성수련 프로그램 중 '화가 날 일입니까?'라는 것이 기억에 남는다. 먼저 살면서 제일 화가

세상의 모든 싸움을
조정해드립니다   1부

난 일을 각자 이야기한다. 어떤 사람은 부모님과 다투다가 "집을 나가라" 하는 말을 들었을 때 제일 화가 났다고 했다. 또 어떤 사람은 수능을 망쳤는데, 엄마가 평생 비정규직으로 살 거라고 한 말을 들었을 때 너무 상처를 받았다고 했다. 남편의 불륜으로 울화병이 생겼다는 사람도 있었다.

목사님은 계속해서 "그 일이 화가 날 일입니까?"라고 물어보시기만 한다. "네, 화가 납니다"라고 대답하면 그 방을 벗어날 수 없다. 수만 번 똑같은 질문을 받아도, 속에서 천불이 나고, 상처가 덧나 마음이 아픈 사람들은 울부짖고 눈물을 흘리며 "네, 아직도 화가 납니다"라고 답한다. 그러다가 몇몇 사람들은 드디어 맑은 얼굴로 "아니요. 그 일은 화가 날 일이 아닙니다"라고 답을 할 수 있게 된다. 그 일 자체에는 화가 없고, 그 일에 대해 정죄하고 판단하는 내 마음이 화를 냈음을 깨달은 것이다.

수능을 망쳤는데 엄마한테 모진 말을 들어 화가 났던 학생은 "그 일이 화가 날 일입니까?"라는 물음에 "아니요, 그 일은 화가 날 일이 아닙니다. 엄마가 나를 걱정해서 한 일입니다"라고 말한다. "그럼 그 화는 누가 만들었습니까?"라는 질문에는

"내가 만들었습니다"라고 답변한다. 어떻게 그런 말을 할 수 있냐고, 어떻게 내게 이런 일이 생기냐고 화를 내던 사람들은 결국 그 일에 화를 낸 건 자기 자신이었음을 깨닫고, 나를 감정의 족쇄에 매이게 했던 그 일로부터 해방된 것이다.

이렇게 내가 상대방에게 화가 나는 것은 내 관점에서, 내 생각과 내 기준에 의할 때, 그 사람의 행동과 말이 용납되지 않아서인 경우가 많다.

얼마 전 아파트 누수가 발생해서 아랫집이 윗집을 상대로 손해배상을 청구한 사건이 있었다. 그런데 기록을 읽어보니 윗집 주인분이 정신분열증이라고 했다. 연락도 안 되고 말도 통하지 않아 할 수 없이 소송까지 하게 되었다고 한다. 아랫집 사시는 분의 말에 따르면, 소송 중에 정체불명의 남성이 윗집의 대리인이라며 찾아와 일방적으로 수리를 다 했다고 주장했다고 한다. 그런데 여전히 물은 새고 있다. 아랫집은 여자 혼자 살고 있기 때문에 그 정체불명의 남성이 연락도 없이 불쑥 찾아와 문을 두드리면 너무 무섭다고 했다.

양쪽 다 변호사 선임도 안 되어 있고 어찌 조정해야 되나

고민하며 조정실에 들어섰다. 그런데 윗집 주인분과 함께 조정에 참석한 나이 지긋한 남성이 계셨다. 아마 아랫집 여자분이 말한 정체불명의 남성이 이분인가 보다. 그런데 대화 중에 이분의 정체가 밝혀졌다. 바로 정신분열증을 앓고 있는 윗집 주인을 도와주시는 교회 목사님이셨다. 목사님은 목소리도 크고 말씀도 청산유수시다.

그런데 누수 문제가 참 어려워서 누수 원인을 찾기 위해 해야 하는 법원 감정은 비용이 비싸고, 설사 감정을 해도 애매한 결과가 나와 만족할 만한 결론을 얻기도 힘들다. 또 아래위층 감정의 골이 깊어져, 전문 업자를 불러도 해결이 안되고 분위기만 험악해지기도 한다. 다행히 법원에 감정 경험이 풍부한 전문 조정위원님이 계셔서 어렵게 현장 조사를 부탁드렸다. 양쪽 모두 전문 업자를 대동하기로 했다. 법원에서 연륜 있는 전문가가 현장으로 온다고 하니 모두 안도하는 눈치였다.

"목사님, 어려운 분을 이렇게 도와주시니 참 너무 감사합니다. 이분도 편찮으시고 형편도 어려우셔서 안타깝지만, 상대편도 곰팡이 핀 집에서 계속 사시는 것이 너무 안타깝지 않습니까? 모두 어린양이라고 생각하시고 너그러운 마음으로 품어주시지요."

내 말에 목사님도 말씀하신다.

"아, 그럼요. 일이 잘 해결된다면 저도 좋지요. 다만 이쪽의 어려운 형편을 좀 고려해달라는 말씀입니다."

"네, 목사님께서 잘 해결될 수 있도록 기도 좀 많이 해주십시오."

나는 조정실 문을 나서는 목사님에게 꾸벅 절까지 했다. 험악하던 조정실 분위기가 한결 가벼워졌다. 아랫집에 사는 분은 겁이 났던지 언니, 동생과 같이 세 자매가 동반했는데, 나의 어린양 발언에 까르르 웃으셨다. 목사님은 오늘도 새벽예배를 드리고 오셨다고 하시는데 왠지 든든하기까지 했다.

이처럼 상황을 전혀 몰랐을 때는 시시때때로 찾아와 문을 두드리던 정체불명의 남성은 아랫집에 혼자 사는 여자분에게 공포와 분노의 대상이었다. 하지만 정신분열증으로 어려움을 겪는 윗집 주인분을 사심 없이 도와주시는 지역 교회 목사님이라는 사실을 알게 되자, 오히려 아랫집분들과 화해의 분위기가 조성될 수 있었던 것이다. 이렇게 내가 보는 시각과 관점에 따라 같은 존재가 공포의 대상이 되기도 하고, 또 안심의 대상이 되기도 한다.

또 며칠 전에는 어떤 할아버지가 계 모임에서 만난 할머니에게 중고 자동차를 타고 다니라고 주었는데, 할아버지 본인이 부담해야 하는 할부금이나 과태료를 정리해주지 않고 있다는 사건이 있었다. 할머니는 딸과 함께 법원에 나왔다. 할아버지에게 매번 전화를 해도 아무 대답도 없고 차일피일 명의 이전도 해주지 않아 할 수 없이 소송을 걸었다고 하소연하셨다.

그런데 할아버지가 전화를 해도 대답할 수 없었던 사정이 있었다. 연세가 있어 귀가 어두우셨던 것이다. 전화를 해도 알아들을 수가 없었다. 조정실에서 서로 이야기를 해보니, 할아버지는 할머니에게 현금을 주었다고 하는데, 할머니는 받은 적이 없다고 딱 잡아떼신다. 진짜 받지 않은 것인지, 연세가 드셔서 기억이 나지 않는 것인지 알 수가 없다.

귀가 어두우신 할아버지는 입 모양을 보고 말을 알아들으셔야 하는데, 마스크를 끼고 있으니 당최 우리가 무슨 말을 하는지 모르신다. 그래서 할 수 없이 할머니의 딸에게 구청에서 날짜별 과태료 내역을 떼고, 계좌에 입금된 돈도 날짜별로 출력해서 법원에 미리 내달라고 하고 한 달 뒤로 다시 날짜를 잡았다. 그리고 한 달 뒤에 딸이 법원에 낸 자료를 스크린에 띄우고 하나씩 보면서 할아버지께 설명을 해드렸다. 못 알아들으시는 내용은 따로 한글 파일을 스크린에 띄워놓고 한글 타자를 쳐서 읽으시도록 했다. 결국 현금을 줬니 안 받았느니 하는 부분만 서로 증거가 없으니 반반씩 양보하기로 하고 합의가 이루어졌다.

결국 할아버지 귀가 어둡고, 할머니의 기억력이 나빠서 생긴 해프닝이었다. "화가 날 일입니까?"라고 물으면 "알고 보니 화가 날 일은 아니었다"라고 대답할 만한 사건이었던 것이다.

'분노'의 감정은 '불공정한 대우를 받고 있다는 데 대한 정서적 반응'이라고 정의할 수 있다고 한다. 내가 손해를 보고 있다는 생각으로 화가 난다는 것이다. 영장류학자 프란스 드 발 박사는 원숭이 두 마리를 대상으로 유명한 실험을 실시했다. 어떤 일을 하도록 시킨 후 처음엔 두 마리에게 똑같은 오이를 주었다가 두 번째엔 그중 한 마리에게 상으로 포도를 지

세상의 모든 싸움을
조정해드립니다

급했다. 훨씬 더 달콤한 포도를 받지 못한 원숭이는 그 즉시 얼굴을 일그러뜨리고 소리를 지르며 오이를 실험자에게 집어 던졌다. 처음과 똑같은 보상이 주어졌지만, 상대방과 다른 보상이 주어졌다는 사실에 분노하고 저항한 것이다. 같은 일을 했지만 다른 이와 동일한 보상을 받지 못했을 때, 그런 불공정을 감지하면 우리 두뇌에서 공감과 혐오 등의 감정을 관할하는 뇌섬엽이 활성화되고 감정을 처리하는 영역인 편도체가 분노를 일으킨다는 분석이다.

그렇다면 이런 분노, 즉 '화'는 어떻게 다루어야 할까? 심리 전문가들은 참을 수 없이 분노가 치밀어 오를 때는 '타임아웃'이 필요하고, 감정을 표현하도록 해서 공감을 해주어야 한다고 말한다. 그러면 내 감정이 객관화가 되고 더 큰 관점에서 볼 수 있게 되어, 억울하다는 감정에서 용서하는 행위로 나아갈 수 있다는 것이다.

그러고 보면 내가 담당하고 있는 조정도 비슷한 과정을 거치는 것 같다. 나만 일방적으로 손해를 본다고 생각하며 소송을 건다. 하지만 상대방은 그렇게 생각하지 않는다. 나름대로 정당한 이유가 있다. 서로 한자리에 모여 각자의 입장을 말하던 원고와 피고가 감정이 격해져 화를 내기 시작한다. 불공정에 대한 정서적 반응이다. 그때는 일단 자리를 분리한다. 한쪽은 조정 대기실에서 기다려달라고 내보내고, 다른 한쪽의 이야기를 우선 듣는다. '타임아웃'이다. 남아 있는 분으로부터 여러 가지 이야기를 들으며 감정을 표현할 수 있도록 한다. 그리고 "화가 많이 나셨겠어요", "이런, 정말 힘드셨겠네요", "그래서 속이 상하셨군요"라고 공감을 표한다. 어느 정도 감정이 해소되면 순서를 바꾸어 대기하고 있던 분을 들어오게 해서 같은 과정을 반복한다. 이 과정을 거치면 당장이라도 조정실을 박차고 뛰어나가려고 했던 분들도 마음이 누그러져 타협이 가능한 안을 제시하곤 하는 것이다.

마가 스님이 이런 말씀을 하신 적이 있다고 한다. "화는 참으면 병이 되고, 터트리면 후회하고, 알아차리면 사라집니다." 상대방의 태도에 버럭 화가 날 때 가슴에 손을 얹고 생각해볼 일이다. '화가 날 일입니까?' 그 일 자체에 화가 있는지, 아니면 내가 나의 기준과 관점으로 그 일에 화를 내고 있는 것인지 말이다.

결핍에
대하여

─────── 코로나19 사태와 부동산 버블 사태를 지나면서, 2030 청년들이 크나큰 결핍감을 느끼는 시대가 되어버렸다. 일자리는 점점 줄어들고, 집을 사려고 해도 집값이 너무 비싸 살 수도 없다. 어차피 평생 돈을 모아도 집을 살 수 없으니 일을 열심히 해서 돈을 악착같이 모아 집을 사기보다는, 차라리 월셋집에서 살더라도 '워라밸(work and life balance를 줄여 이르는 말)'을 중시하고 취미 생활을 즐기면서 살기를 원한다고 한다. 또, 월급 빼고는 모든 것이 다 오르니 코인이나 주식으로 돈을 버는 게 낫다는 소리도 들린다.

1997년, IMF 사태가 터졌을 때 나는 청년 시절을 보내고 있었다. 내가 청년이었던 그때도 시대의 키워드는 '결핍'이었다. 수많은 기업들이 도산하고, 부모님들이 실직을 하고, 학생들은 등록금 낼 형편이 되지 않아 휴학을 했다. 우리 집도 형편이 넉넉지 않았다. 사법고시를 준비하기로 결심한 후, 어려운 집안 형편에 고시원 비용을 대주시는 것만도 죄송한데, 용돈까지 넉넉히 달라고 손 벌리기는 더욱 죄송했다. 그래서 하루에 달랑 2,000원을 가지고 가서 점심에 학교 매점에서 은박지에 싸인 1,000원짜리 김밥을 사 먹고, 저녁때는 학교식당에서 1,000원짜리 밥을 사 먹었다.

설상가상으로 사법고시 2차를 준비할 때는 어머니 몸이 편찮으셔서 수술을 앞두고 계셨다. 서울 관악구 신림동의 고시촌에는 기도실을 열어두는 교회가 몇 있었는데, 공부하다 불안하고 답답할 때마다 지하 기도실에 있던 피아노를 몇 시간이고 치고, 속이 후련해질 때까지 울며 기도하곤 했다. 신림동에 있었던 법대 기독인 모임 동기들과 후배들이 함께 기도해주어 큰 힘이 되었다.

고시 공부를 본격적으로 시작한 지 3년 만에 시험에 합격했으니 옆에서 볼 땐 쉽게 빨리 합격한 듯이 보였을 것이다. 하

세상의 모든 싸움을
조정해드립니다

지만 그때는 그 시점에 합격하지 않으면 더 이상 부모님 지원을 받으며 공부를 계속할 면목이 없었고, 취업을 해야겠다는 절박함이 배수진을 치고 공부하게 했던 것 같다. '결핍'이 나를 채찍질했던 것이다.

이렇게 결핍이란 무엇을 맹목적으로 달성하도록 하지만, 계속해서 또 다른 무언가를 좇아가도록 하는 것 같다. 매번 채워지지 않는 식욕같이, 더 이상 배가 고프지도 않은데 허전해서 꾸역꾸역 밥숟갈을 떠 넣게 된다. 취업 후엔 남들처럼 결혼해야지, 결혼하면 아이를 낳아야지, 하나는 외로우니 둘은 낳아야지, 낳아놨으니 남부럽지 않게 키워야지, 남들처럼 번듯한 아파트 한 채는 있어야지, 자식 대학은 적어도 인서울은 보내야지… 과제는 계속 주어지니까.

내 경우엔 딱 마흔 살이 되자 한계가 왔다. 로펌에서는 100건이 넘는 사건을 동시에 진행했다. 한 달에 한 번 정도씩 닥쳐오는 재판 기일에 맞춰 준비서면을 내야 하는데, 눈뜨고 일어나면 벌써 한 달이 지난 기분이었다. 또 결혼과 동시에 임신과 출산, 육아로 점철된 삶이었다. 육아는 소소하고 잡다한 일의 끊임없는 연속이다. 아이를 먹이고 입히고 씻기고 재우고, 어질러진 집안을 치우고 필요한 것들을 사고 등등 말이다. 제때 처리하지 못하면 안 되는 일들이어서, 집에서도 항상 끊임없이 무언가 할 일이 생겼다.

10여 년간 이렇게 살다 보니 조금만 계획보다 늦어지면 심장이 두근거리고 불안해지는 증상이 생겼다. 내 일이야 그렇다 치고 내가 지도하는 후배들이 약속한 기한을 넘기면 돌연 초조해지고 화가 났다. 어린 시절 화를 못 내는 아이라고 놀림까지 받은 일이 있었을 정도로 '화'와 친한 사람이 아니었기에 조그만 일에 쉽게 화가 나는 내 모습이 낯설었다.

더 나빴던 건, 이 조급증은 일 빨리하는 데는 도움이 될지언정 아이와 나의 관계에는 방해가 되었다는 것이다. 숙제를 빨리 안 한다는 이유로, 빨리 씻고 잘 준비를 안 한다는 이유로 아이를 잡았다. '아이는 기다려주는 만큼 자란다'고 했는데, 기다려주는 마음의 여유를 잃어버렸다.

이렇게 종종거리며 살던 나에게 누군가 나만의 시간을 몇 시간이라도 가져보라고 했다. 그때는 그 말이 너무 사치스럽게 들려, 말하는 그 사람에게 적개심마저 들 정도였다. 집에선 아이 보랴, 회사에서는 밀려드는 사건을 처리하랴, 화장실 갈

세상의 모든 싸움을
조정해드립니다

시간도 내기 힘든 형편인데 몇 시간을 어떻게 내란 말인가?

그런데 그분이 다시 물었다.

"꼭 그렇게 살아야 할 특별한 이유가 있나요?"

몇 가지 이유들을 생각해보았지만, 꼭 그렇게 살아야 할 특별한 이유는 아니었다. 그때 퇴사를 결심했다. 육아를 그만둘 수는 없었으니까. 그 후, 우여곡절 끝에 빠르고 복잡한 서울을 벗어나 지금은 느릿느릿 흘러가는 한적한 지방에서의 삶을 즐기고 있다.

겨울방학과 봄방학 사이 일주일간 개학을 해서 바빠진 딸이 묻는다.

"엄마! 쉬지 않고 일하면 좀 여유가 생기지 않을까?"

"음, 엄마 경험으로는 쉬지 않고 일하면 계속 쉬지 않고 일하게 되는 것 같아. 그러니까 쉬엄쉬엄해."

그렇다. 가만히 있으면 가마니가 되고, 열심히 공부하면 계속 열심히 공부하게 되고, 경쟁하면 계속 경쟁하게 되고, 쉬지 않고 일하면 계속 못 쉰다.

사법연수원 동기들은 그 어렵다는 사법고시에 합격한 후에도, 1등부터 꼴등까지 성적을 매기는 사법연수원 시험에서 판검사 임용 순위권에 들기 위해 악착같이 공부했다. 그러다 과로사를 한 사법연수생 언니도 있었다. 예전에 우리 엄마들이 "공부 열심히 해도 안 죽는다"라고 한 말은 다 거짓말이다. 판사 임용이 된 후에는 서울로 발령받을 것인지, 지방으로 발령받을 것인지를 두고 경쟁한다.

6·25 전쟁 후 절대적 빈곤을 겪은 우리 부모님 세대들이 악착같이 빠른 성장을 이뤄내게 해준 동력이 바로 결핍이지만, 그 과정에서 여러 부작용과 상처도 남겼다. 반면, 풍요로운 환경에서 태어난 지금 세대들은 인권에 대한 이해나 문화 감수성이 무척 훌륭한 것 같다. 최근 즐겁게 본 〈슈퍼밴드〉라는 TV 프로그램이 있는데, 수준 높은 음악도 음악이지만 청년들의 소통 방식을 보는 것이 흥미로웠다. 프로젝트 리더로 뽑힌 사람이 혼자 이렇게 하자고 끌고 나가는 법이 없다. 카리스마 있는 멋진 형의 모습은 온데간데없고, 대신 팀원들의 말을 듣고 의지하기까지 한다. 활동해온 영역이 다르고 낯설어도 주눅 들지 않고 서로를 존중한다. 또, 경쟁하는 상대방 팀의 공연에

도 긴장하지 않고 환호하며 즐기는 모습이라니! 앞으로 닥쳐올 새로운 세대의 세상을 미리 엿본 느낌이었다.

나는 이런 청년들이 정말 멋지다. 결핍 때문이 아니라 진정 자신이 하고 싶은 것에 대한 열정을 가지고 천천히 나아가는 모습이 좋아 보인다. 그러고 보면 오히려 요즘에는 못 먹고 못 사는 절대적인 결핍이 아니라, 금수저·흙수저 논란이나 젠더 갈등과 같이 상대적 결핍이 문제가 되는 것 같다. 물질적 결핍보다는 상대방과의 비교에서 오는 정서적 결핍이 문제인 것이다.

조정실에서도 마음의 결핍 때문에 소송을 반복하는 사람들을 종종 만난다. 특히 가족이나 친척 간의 상속 싸움이 그렇다. 이런 사건들은 엄격한 재판 절차보다는 대화와 타협을 통한 조정으로 해결되는 게 바람직하기 때문에 대부분 민사재판 중이라도 여러 번 조정으로 보내지곤 한다.

가족 간의 분쟁이니 더 조정이 잘될 것이라 생각하겠지만 아니다. 참고 참다 도저히 못 참아 소송을 거는 경우가 많고, 이혼 소송처럼 그간의 원망과 불만, 애증이 실타래처럼 꼬이고 겹쳐 해결이 쉽지 않은 경우가 대부분이다. 조정 대기실에서 육두문자를 날리며 큰소리로 다투는 분들은 십중팔구 형제자매 이모 고모 삼촌 조카 사이다. 간혹 부모 자식 간에도 큰소리가 나는 경우도 있다.

얼마 전에는 큰아버지가 조카들을 상대로 돌아가신 선친이 물려주신 땅의 지분을 내놓으라고 소송을 건 사건이 있었다. 비슷한 소송을 하고, 또 하고, 큰아버지와 조카들은 대략 6년 동안 소송의 굴레에서 못 벗어나고 있다. 서로 남보다 못한 원수 같은 사이가 되었다.

조정실에서 만난 큰아버지는 한눈에 봐도 까맣고 깡마르신 촌로인데, 조정 시작부터 조카들에게 고래고래 소리를 지르신다.

"아버지가 나한테 주신 땅이 분명한데 왜 거짓말을 하냐?"

진행이 어려울 정도로 노발대발하셔서 분리 조정을 하기로 하고, 큰아버지에게 잠시 조정 대기실에서 대기해주십사 부탁드렸다.

조정실에 남은 조카들의 입장은 이렇다.

"절대 돈 때문에 응하지 않고 있는 게 아닙니다. 저희들이

세상의 모든 싸움을
조정해드립니다

어렸을 때부터 큰아버님으로부터 받은 상처가 많습니다. 이 땅에 대해서도 온 동네에 안 좋은 소문을 내고 다닙니다. 그간의 일에 대해 진정성 있는 사과만 하시면 저희가 소송하는 데 쓴 비용 1,000만 원만 받고 지분을 넘겨드릴 마음이 있습니다."

고마운 말씀이긴 한데, 큰아버지의 태도로 보아서는 사과의 'ㅅ'도 꺼낼 것 같지 않았다. 도리어 자신한테 사과하라며 역정을 낼 게 분명했다. 자리를 바꿔 조정실에 들어오신 큰아버지는 아니나 다를까 아주 못된 것들이라며 노기가 탱천하시다.

"내가 어떻게 살아온 줄 압니까? 초등학교도 못 가고 소 키우며 그 땅에서 평생 살아오면서 형제들 건사하느라 고생만 했습니다. 그놈들에겐 한 푼도 줄 수 없습니다."

격하게 울분을 토하신다. 이쯤 되자 가만히 옆에 앉아 계시던 큰아버지의 변호사님이 끼어드신다.

"제가 오랫동안 소송을 하면서 이야기를 들어보니, 선친 때부터 받은 깊은 상처가 있다는 걸 알게 되었습니다. 선친께서 장남인 이분과 조카들의 아버님 되시는 차남을 차별 대우하여 그 미움이 뿌리박혀 일이 이렇게까지 된 것입니다."

결국 선친으로부터 받은 상처를 그대로 조카들에게 물려주고 있는 셈이었다. 다시 자리를 바꾸어 들어온 조카들에게 웃으며 말했다.

"몇십 년간 쌓여온 감정이 어찌 이 짧은 조정 시간에 다 풀릴 수 있겠어요. 큰아버지로부터 사과를 받는 일은 오은영 박사님을 이 자리에 모셔도 어려운 일이지 않을까요?"

그러자 조카 중 한 명이 빵 터지며 동의한다. 아마 나처럼 오은영 박사님의 〈요즘 육아 금쪽같은 내 새끼〉와 〈오은영의 금쪽 상담소〉의 열혈 시청자인가 보다.

이렇게 오랜 시간 동안 상처와 원망으로 생긴 결핍은 한 번의 조정으로 다 해결되긴 어렵다. 하지만 소송을 오래 끌면 끌수록 마음의 상처가 덧나고 건강까지 상하는 경우도 많이 보았기에, 큰아버지가 조카들에게 얼마쯤의 돈을 주고 지분을 이전받는 내용으로 조정안을 보내기로 했다. 만일 어느 한쪽이 이의를 제기하면 재판을 해야 할 테지만, 재판 과정에서 다시 한 번 조정을 시도해보라는 말도 덧붙였다.

큰형은 목사, 작은형은 자영업을 운영하며, 막냇동생은 대학 교수인 삼 형제의 사건도 기억에 남는다. 돌아가신 어머니는 유독 막내만 편애하셨을 뿐 아니라, 돈 욕심도 많아 큰형과 작은형 명의의 상가를 관리해준다며 월세를 다 가져갔다. 심지어 큰형이 목회를 위해 상가를 팔겠다고 하자 자신이 팔아준다며 상가 판 돈 중 대부분을 챙겼다. 여기서 그치지 않고, 어머니는 아예 작은형 명의의 상가를 달라고 해서 자신의 명의로 바꿨다. 그리고 돌아가시기 직전 작은형으로부터 가져온 상가를 막내에게 증여해버렸다! 이 사건 때문에 작은형수가 우울증이 와 작은형과 이혼까지 했다.

큰형은 어머님의 사랑을 받지 못하며 고등학생 때부터 자취 생활을 했지만 뜻한 바가 있어 목회자가 되었다. 어머니와 형제들까지 전도해서 교회를 다니게 되었다. 나는 이스라엘 12지파의 조상이 된 야곱이 자녀들을 편애하여 가족이 고난을 겪게 된 성경 이야기를 꺼내며, 형님들도 고난을 통해 신앙을 갖게 되셨으니 이 어려움을 잘 풀어보시자고 권했다.

형들이 최소한 받겠다고 한 돈과 막냇동생이 주겠다고 한 돈은 수억 원의 차이가 있어 조정이 무척 어려웠다. 하지만 부동산 시세를 감정하는 전문가 조정위원까지 참여시키며 조정을 여러 차례 진행했기 때문에, 조정안을 보내 화해를 시도해 보기로 했다.

워낙 입장 차이가 커서 잘되리라 생각하지 않았지만, 의외로 모두 조정안을 받아들여 사건이 극적으로 마무리되었다. 아픔이 있는 목회자 가정의 송사여서 더 신경이 쓰여 생각날 때마다 잠시나마 묵상기도를 했던 터라, 길고 어려운 재판으로 가기에 앞서 원만히 사건이 해결되어 안심도 되었고 보람도 컸다.

이처럼 가족 안의 뿌리 깊은 차별이나 상대방과의 비교의식, 집단으로부터의 소외감 같은 마음의 결핍이 고드름처럼 자라나 미움과 분노를 만들고 나 자신과 상대방을 가시처럼 찌르게 된다. 하지만 상대방을 미워한다고 해서, 상대방과 싸운다고 해서, 내 마음의 허기나 결핍이 채워지지는 않는다. 피곤해지고 건강도 상한다. 내 마음의 결핍은 내가 위로해주어야 한다. 물질적 어려움이든 감정적 어려움이든 스스로 어려운 환경에서도 참 잘 살아왔다고 나 자신을 안아주고 토닥토닥 두드려주어야 할 일이다. 그래야 상대방과도 진정성 있는

129   세상의 모든 싸움을   1부
         조정해드립니다

대화를 나눌 수 있을 것이다.

'내가 지금 모습 그대로 20여 년 전으로 돌아가 20대의 나를 만난다면 어떤 이야기를 해줄까?'란 생각을 한 적이 있다. 매일 1,000원짜리 김밥을 사 먹고, 지하 기도실에서 펑펑 울던 나에게 "그렇게 하지 않아도 괜찮아. 너무 애쓰지 않아도 돼"라고 말해주고 싶었다.

그럼 만일 20년 후의 내가 지금의 날 만나러 온다면? 아마도 똑같은 말을 해주지 않을까? 지금도 마음의 허기를 채우기 위해 종종거리며 바쁘게 살고 있을 당신에게도 같은 말을 전하고 싶다. "너무 애쓰지 않아도 돼. 지금 그대로도 충분히 괜찮아"라고.

이런 MBTI로
좋은 법률가가 될 수 있을까?

——————— 사법고시를 준비할까 말까 고민하던 대학생 시절에 대학원생들이 전문적으로 해주는 적성 및 성격 테스트를 받았던 적이 있다. 그런데 내 성향은 전형적인 법조인과 정반대라는 결과가 나왔다. 요즘 유행하는 MBTI 검사였다. 전형적인 법조인의 유형은 ISTJ(내향형, 감각형, 사고형, 판단형)인데, 나는 ENFP(외향형, 직관형, 감정형, 인식형)가 나온 것이다. 과연 시험 준비를 해야 할지 고민이 되었다.

그때 우연히 읽었던 법철학 서적에서 본 "이 세상에는 이성적이고 냉철한 법률가만 있어선 안 된다. 다른 사람의 마음을 공감하는 따뜻한 법률가도 있어야 한다"라는 내용이 마음에 남았다. '그래, 난 내 감성과 공감 능력으로 따뜻한 법조인이 되어보자. 남들 절반만큼의 소질밖에 못 갖고 있지만, 노력해서 그 절반의 100퍼센트를 발휘할 수 있다면 100퍼센트의 능력을 가진 사람이 절반만큼 노력하는 것과 같지 않을까?'라고 생각하고 사법 시험공부를 시작했다.

법률가로서의 소질은 모르겠지만, 시험공부에 대한 소질은 있었던지 스물네 살이라는 젊은 나이에 남들보다 일찍 사법 시험에 합격했다. 사법연수원에 입소한 후, 약관의 나이에 시험에 합격한 대부분의 또래들은 자연스럽게 판검사 임용을 목표로 했지만, 나는 누군가를 판단하고 누군가의 죄를 묻는 판검사가 나에게 맞지 않는 옷인 것만 같았다.

사법연수원의 당시 교육 시스템상 모든 과정은 시험을 통해 성적을 매겨 판검사를 성적 순서대로 임용하기 위한 것이었다. 1등부터 꼴등까지 일렬로 줄을 세우는 경쟁으로 숨이 턱 막혔다. 폭탄주 문화와 체육대회에서조차 1등을 하기 위해 몸부림치는 분위기가 나를 질리게 했다.

그러던 중 신문 머리기사를 장식한 사건이 터졌다. 2년 차 선배 언니가 시험 중 정신을 잃고 쓰러진 뒤 회복하지 못하고 사망한 사건이었다. 한동안 연수원이 들썩거렸고, 식사 시간도 따로 주지 않고 하루 8시간씩 시험을 치르는 시험 제도를 개선해야 한다는 목소리가 높았지만, 연수원 측에서는 시험 시간을 한 시간 줄이는 미봉책을 내놓고 입막음하기 급급했다. 나는 뼛속 깊이 연수원 생활에 신물이 나기 시작했다.

가까스로 두 번째 시험을 치렀지만 마음이 갈피를 잡지 못하고 있었다. 남들처럼 일단 성적만 잘 받고 보면 되는 것인가. 판검사 하다가 옷 벗고 개업해서 돈 벌면 그만인 것인가. 처음에 기도하며 준비했던 길은 이런 것이 아니었는데….

이런 연수원 공부에는 도무지 집중할 수가 없었다. 당연히 꼴찌 클럽은 따다 놓은 당상이었다. 대신 해외 법조 교류를 하자며 연수원 최초로 구소련 국가 연수를 기획하고, 교회에서 법률상담 봉사를 하자고 연수원 동기들을 꼬드겼다. 이런 나를 보고 연수원 동기들은 엉뚱하다며 웃곤 했다.

연수원 수료식 때 수료증을 받아 들자마자 쏜살같이 달려 나가는 나를 보고, 당시 지도교수님이었던 최재형 전 감사원 장님이 "수료하는 것이 그렇게 좋냐?" 하고 너털웃음을 지으셨던 것이 기억에 남는다. 정말이지 나는 눈에 보이는 경쟁으

세상의 모든 싸움을
조정해드립니다

로 답답했던 연수원을 수료하는 것이 그렇게 홀가분하고 좋았나 보다.

지나고 보니 왜 그랬는지 논리적으로 설명하지는 못해도 남들이 다 좋다고 하는 자리는 나의 자리가 아닌 걸 '본능적으로' 알았던 것 같다. 어찌 보기엔 반항이거나 방황이었을 그 과정이, 결국은 나에게 맞는 자리를 찾아가는 길이었다.

연수원 수료 후에는 작은 기독교 로펌인 법무법인 소명에 입사했다. 평소에는 다른 로펌과 마찬가지로 재판과 자문 업무를 하지만, 기독교 변호사 NGO 단체인 CLFChristian Lawyer's Fellowship(기독법률가회)와 AKAdvocates Korea(한국기독법률가선교회)의 본부 역할을 겸하기도 하는 곳이었다. 다른 변호사들과 마찬가지로 돈을 벌기 위해 송무와 자문 업무를 배웠지만 업무 틈틈이 장애인, 외국인 근로자 등 사회의 소외된 이웃들을 위해 법률안을 만들거나 소송 지원을 하고, 기윤실(기독교윤리실천운동) 등 NGO와 함께 협력해서 일하기도 했다.

나는 3년 남짓 그곳에서 변호사 생활을 하면서 변호사로서의 기본적인 업무와 법적 소양을 익히기도 했지만, 무엇보다

NGO 활동을 통해 변호사로서 어떻게 어려운 이웃들을 위해 살아가야 할 것인지에 대해 여러 선배들로부터 배운 것이 가장 큰 소득이었다고 생각한다.

초등학생 때 고모 댁에 놀러 가 사촌오빠의 방에서 재밌어 보이는 책 한 권을 발견했던 기억이 난다. 책 표지에 나비와 꽃 일러스트가 그려져 있었고, 군데군데 노란색이 칠해져 있었다. 아직도 많은 사람들이 꾸준히 찾고 있는 스테디셀러, 트리나 폴러스의 《꽃들에게 희망을》이라는 책이었다.

이 책에는 애벌레 두 마리가 모험을 하는 이야기가 나온다. 애벌레들은 길을 가다 애벌레들이 서로 얽혀 올라가고 있는 커다란 기둥 같은 것을 발견한다. 애벌레들은 그 기둥 꼭대기에 삶의 목적이 있을 것이라고 생각하고 기둥에 오르기 시작한다. (⋯) 애벌레 한 마리는 그 기둥 곁을 날아다니는 나비를 보고 중간에 기둥에서 내려온다. 그리고 고치를 만들어 아름다운 나비가 된다. 나비가 되어 높은 곳까지 날게 되자, 비로소 깨닫는다. 그 기둥들은 서로 밟고 밟히며 만든 애벌레들의 산이었다는걸! 사실 그 기둥의 꼭대기에는 아무것도 없었던 것이다.

어린 나이었는데도 이 아름다운 우화는 단숨에 내 마음을 사로잡았다. 오랜 세월이 지나도 잊히지 않았다. 어찌 보면 그 이야기는 아직까지도 내 인생에 영향을 미치고 있는 것 같다. 대형 로펌에 들어가 돈을 많이 벌어보고 싶다거나, 고위 법관이 되어 명예를 얻고 싶다거나 하는 생각을 가져본 적이 없으니 말이다. 경쟁이 체질에 맞지 않다. 이제와 생각해보니, 아마도 그 책이 좋았던 건 내 MBTI 유형이 목표나 경쟁보다는 관계나 공감과 소통을 중요하게 생각하는 유형이라 그랬던 것 같다.

지금은 20년간 변호사로 치열하게 살아온 직업병 때문인지 MBTI 유형의 끝자리가 P에서 J로 바뀌어 '판단형' ENFJ가 되었다. 그래도 여전히 앞의 ENF가 바뀌지 않고 있다. 아직도 건조하고 호흡이 긴 법률문서를 읽어내는 일이 지루하고 괴롭다. 그럼에도 매일매일 애써 내게 주어진 일들을 해내고 있다.

나 같은 상임조정위원에게는 조정 사건들 중 가장 어려운 사건들이 배당된다. 대부분 금액이 큰 합의부 사건이나 항소 사건인데 어렵고 복잡한 만큼 변호사가 선임된 사건이 대다수다. 상임조정위원은 경력직으로 조정전담 판사와도 같은 권한이 있기 때문이다. 당연히 권한에는 책임이 따른다.

조정 그까짓 거 기록도 안 보고 대강대강 하면 되지 않나 생각할 수도 있지만 그렇지 않다. 낮에는 조정 진행하랴, 조정안 작성하랴, 기일 변경 등 온갖 전자결재 처리하랴 하다 보면, 기록을 차분히 들여다볼 시간이 없어 늘 기록을 출력해 집에 싸 들고 간다. 퇴근해서 애들 밥 챙기고 숙제 챙기고, 겨우 밤이 되어서야 기록을 꺼내서 읽는다.

어제는 1970년대로 거슬러 올라가는 땅 지분 싸움에 대한 기록을 싸 들고 왔다. 밤은 늦어가는데, 사건이 1990년대에 이르니 머리에 쥐가 나고, 2000년대쯤 오니 미칠 것만 같다. 도저히 못 돌아올 뻔했는데, 아침에 일어나니 다행히 2022년이 맞다. 어휴, 다행이다.

이렇게 월평균 60~70건의 사건을 진행하고, 기록에 붙어 있는 수많은 판결문들을 들여다보며, 역시 나라는 사람은 뭔가를 판단하기가 어려운 사람임을 깨닫는다. 판결문을 쓰는 일을 직업적으로 한다는 상상만 해도 숨이 막힌다. 그래서 지금 하고 있는 조정위원이라는 자리는 나에게 잘 맞는 자리인 것 같다. 어떤 판단 없이 마주하고 있는 사람의 말을 그대로 듣고, 공감할 수 있으니 말이다.

사법연수원 동기 판사들은 이런 나와 달리, 조정을 하며 사람들의 말을 듣는 일이 판결 쓰는 일보다 힘들다고 한다. 차라리 혼자 책상에 앉아 어렵고 복잡한 판결문을 쓰는 편이 더 체질에 맞는다는 것이다. 이래서 사람에게는 각자 맞는 자리가 있는가 보다.

국민 MC 유재석씨가 진행하는 〈유 퀴즈 온 더 블럭〉이라는 TV 프로그램에서, 프로파일러 권일용 교수님이 '이해와 공감의 차이'에 대해 분석한 적이 있다. 누가 힘들다고 할 때 "너만 힘들어? 다 힘든 거야. 나도 힘들었어. 너 힘든 거 이해해"라고 말하면 이해하는 것이다. 반면, 누가 힘들다고 할 때 나도 같이 마음이 아파지고, 누가 기쁘다고 할 때 나도 즐거워지는 게 공감하는 것이라는 분석이다. 유재석씨는 게스트의 말에 함께 기뻐하고 함께 아파하는 공감을 잘하는 성격이라고 한다.

나도 유재석씨처럼 공감을 잘하는 성격인 것 같다. 최근 들어 내가 보내는 조정안에 이의신청을 하지 않고 수용하는 비율이 높아졌는데, 그 이유를 곰곰 생각해보면 '얼마나 논리적으로 옳은 결정을 했느냐'보다 '얼마나 내 말을 잘 들어줬느냐, 얼마나 내 힘든 마음에 공감을 해줬느냐'인 것 같다. 즉, 조정실에서 만나는 사람들과 얼마나 소통했느냐가 조정 성공률을 결정짓는 것이다. 함께 마음 아파하고, 함께 속상해하고, 함께 해결 방법이 없음을 안타까워하는 그 순간, 분쟁의 종착점에 가까워진다.

2002년과 2006년, 사법연수원 신우회에서 '위로자격증'이라는 제목으로 사법 시험 합격수기 책자를 발간했다. 부끄럽지만 나도 공동 저자 중 한 명으로 참여했다. 고시 합격보다 변호사 자격증보다 더 값진 것은, 고통을 겪고 있는 다른 사람을 위로할 수 있는 위로자격증을 취득했다는 사실이라고 함께 고백하는 과정이었다.

이 책에서 당시 서울고등법원 부장판사로 근무하셨던 윤재윤 변호사님은 변호사가 '고용된 총잡이' 대신에 '위로자 변호사'가 되는 것은 어려운 일이지만, 직업을 영어로 vocation 또는 calling, 독일어로 Beruf로 부르는 것은 '신이 부른 소명'을 의미하는 것이라고 하면서 이렇게 일상적인 일을 통해 '자기 존재의 의미'를 찾는 영성을 가지고 일한다면, 성공이건 실패건 모든 경험이 성장의 기회가 될 것이라고 하신다.

나는 나름의 긴 훈련 과정을 거쳐 조정을 전문으로 하는 변호사로 일하게 되면서, 기나긴 소송으로 몸과 마음이 지치고 아픈 분들의 말을 듣고 그 마음을 위로할 기회가 더욱 많아졌다. 그야말로 '위로 전문 변호사'로 살아가게 된 것이다.

비록 전형적인 법조인과는 정반대 성격이지만, 그 와중에 사람들과 공감하고 소통할 수 있는 조정위원이 될 수 있었던 것이 다행이다. 삶이 나 자신, 내 소명을 찾아 떠나는 여정이라면 내가 찾아왔고 나에게 주어진 이 자리, 이 순간에 더 진심을 다해 충실히 임해보리라.

2부

소년재판에서 만난,
길 위의 아이들

최근 넷플릭스에서 〈소년심판〉이란 드라마가 방영되어 큰 관심을 끌었다.

"부끄러워서요. 재판 끝나고 '아, 법 참 쉽네!' 우습게 여기면 그땐 어떻게 합니까? 재들 커서, 더 큰 범죄자로 자라면 지금 같은 피해자들 계속 생기면 그땐 누가 책임집니까? 보여줘야죠. 법이 얼마나 무서운지. 가르쳐야죠. 사람을 해하면 어떤 대가가 따르는지."

소년재판을 담당하는 판사 역할을 맡아 열연한 김혜수의 대사다.

"나는 소년범을 혐오합니다"라는 내레이션이 특히 인상적이다.

지금은 법원에서 민사조정 업무만 하고 있지만, 이곳에서 일하기 전 나는 10년 정도 소년재판 국선변호 활동을 했었다. 처음에는 부모들이 이해되지 않았다. 왜 자신의 아이인데 집으로 데려가지 않고 시설에 맡겨달라고 하는지. 합의를 해 오라고 하면 왜 이런저런 핑계를 대며 못 하겠다고 하는지. 물론 아이를 위해 탄원서를 100장씩 받아 오거나 몇천만 원을 들여 합의를 하는 부모들도 있었지만 일부에 불과했다.

소년재판에서 만난 아이들의 온갖 기구한 사연들을 접하고 보니, 그리고 나 자신이 10대 자녀를 키우다 보니, 이제 어느 정도 부모의 마음이 이해가 되고는 한다. 사람들은 막장 드라마를 보며 저런 일이 세상에 어디 있냐며 개연성이 없다고 욕을 한다. 하지만 내가 접한 현실은 막장 드라마보다 더 막장스러운 경우가 많았다. 현실은 언제나 우리의 상상력을 뛰어넘는다.

변호인 접견실에서 뽀얀 아이들의 얼굴을 바라보면서 그들의 이야기에 가슴이 메었다. 내가 할 수 있는 최선은 건조하게 선처를 구하는 의견서를 법원에 제출하는 일이었지만, 가끔은 아이들의 손을 맞잡고 기도하며 눈물을 흘리기도 했다.

그래도 아이들의 이야기가 먹먹하게 남아 가슴에 맺혔다. 가슴에 맺힌 사연을 어딘가에 전하고 싶었다. 그러나 다른 한편으로는 세상에 아이들의 이야기를 하는 것이 망설여졌다. 개인정보이기도 하고 누군가는 가명으로 가려지더라도 자신의 이야기가 회자되는 것이 싫을 수도 있다. 하지만 이 아이들의 이야기를 누군가는 들어주었으면 했다. 요즘 아이들은 너무나 풍족하기만 하다고, 그래서 결핍을 모른다고 말하는 어른들에게 아직도 이렇게 아픈 아이들이 있다고 말하고 싶었다.

최근 소년 처벌을 강화하자거나 형사처벌 연령을 낮추자는 의견이 있다. 사실 이 아이들은 잘못을 반복하고 계속 시설을 들락거리는 경우가 아주 많다. 그런데 그건 이 아이들에게 강한 처벌이 내려지지 않아서가 아니라 이들의 환경이 개선되지 않아서일 수도 있다.

뉴스에서 우리를 경악하게 하는 흉악한 소년 사건들은 대부분 가정법원에서 관할하는 소년재판으로 아예 넘어오지 않고 일반 형사 사건으로 처리된다. 실제로 2018년도의 소년범죄 가운데 살인, 강도, 방화, 성폭력 등 강력범죄의 비율은 범죄 발생 건수의 5.3퍼센트에 그쳤다. 소년범죄가 날로 심각해지고 있다는 세간의 인식과 달리 통계청과 대검찰청에 따르면

소년범의 비율은 10년째 전체 범죄의 약 3~5퍼센트대에 머물고 있다.[*]

실제로 내가 소년재판 국선보조 활동을 하면서 만났던 아이들은 대부분 집에 들어가기 싫어 몰려다니다가 돈이 필요해서 열려 있는 차에서 동전을 훔치고, 찜질방에서 자다가 스마트폰을 가져가고, 오토바이를 훔쳐 타고 다니다 사고를 내는 비행 청소년들이었다. 나는 이렇게 우리 주변에서 보았음직한 그냥 보통의 소년범들에 대해 이야기하고 싶었다. 뉴스에서 보는 끔찍하고 흉악한 범죄를 저지르는 아이들만 있는 것은 아니라는 점을 말이다.

다행인 것은 가정법원에서 계속해서 소년범 관련 제도에 관심을 가지고 많은 전문 상담가들과 민간 보호위원들을 참여시키고 있다는 사실이다. 부모들이 10대 자녀의 일탈을 통제하지 못해 힘겨워하는 경우가 대부분이기 때문에 부모들에 대한 교육, 그리고 심리상담도 절실하다.

---

[*] 이근아·김정화·진선민, 《우리가 만난 아이들》, 103-104쪽, 위즈덤하우스, 2021.

많은 사람들이 사랑하는 드라마, 〈나의 아저씨〉에서 아이유가 열연한 지안도 소년범이다. 지안은 사람을 칼로 찔러 죽인 강력 살인범이다. 그런데 지안이 그 사람을 칼로 찌른 이유는, 그 사람이 돌아가신 부모님의 사채 빚을 대신 갚으라며 찾아와 상습적으로 지안을 폭행한 데다, 거동이 불편하신 할머니까지 폭행하려고 했기 때문이었다. 이렇게 어두운 과거를 가진 지안은 어른다운 어른을 만나지 못해 세상에 비관적이었지만, 따뜻하고 의지할 수 있는 아저씨 동훈을 만나면서 변화했다.

소년분류심사원에, 소년원에 있는 보통의 우리 아이들도 진정으로 자신의 이야기에 귀 기울여주는 따뜻한 누군가를 만난다면 지안이처럼 마음을 열 수 있지 않을까? 그래서 이 아이들의 이야기를 조심스럽게 꺼내려고 한다. 다만 개인정보 보호를 위해 가명을 사용하고, 이야기를 각색하기도 했다.

아이들은 아이들이다. 길 위의 아이들, 방황하는 어린 영혼들이다. 그리고 이 아이들에게는 누구나 자신들만의 이야기가 있다. 접견실에서 만났던 아이들은 아무리 현실이 고통스러워

도 꿈이 뭐냐고 물으면 눈동자가 반짝거렸다. 나는 그 반짝임
에 희망을 걸곤 했다. 또다시 접견실에서 만나지 말자고 새끼
손가락을 걸고 약속하면서.

소년재판에서 만난,
길 위의 아이들

국선변호의
시작

───── 13년 전의 일이다. 당시 내가 일하고 있던 로펌은 주로 보험회사를 대리하는 일이 많았다. 보험금을 최대한 깎거나 아예 보험금을 못 주겠다고 주장하는 것이 일상이었다. 교통사고로 장애인이 된 사람이나 암 환자, 의료사고로 피해를 입은 사람을 상대로 재판을 하는 일은 매번 익숙해지기가 어려웠다. 한번은 출산 중에 의료사고로 아이를 잃은 엄마가 재판에 와서 엉엉 울고 있는데, 그 앞에서 보험회사의 입장을 대변하는 말을 할 수밖에 없어, 같은 아이 엄마 입장에서 얼굴을 들기 어려웠던 적도 있다. 소송 상대방으로부터 욕을 듣는 일도 다반사였다.

내가 이러려고 변호사가 되었나? 나도 사법 시험을 준비할 때는 가난하고 병든 자, 고아와 과부를 도와주라는 소명을 가지고 공부했었는데 하는 자괴감이 들었다.

그러던 중 우연히 가정법원에서 소년재판에서 활동할 국선변호사를 뽑는다는 공고를 보았다. 로펌에서 100건에 가까운 재판을 진행하고 있었기에 서울 서초동, 수원, 인천 등 하루에도 동에 번쩍, 서에 번쩍 두세 번씩 재판을 다녀야 했다. 그 사이 짬을 내어 매일 써내야 할 서류들이 산더미처럼 쌓여 있었다. 야근을 밥 먹듯이 했다. 집에 가면 돌쟁이 아들이 기다리고 있었다. 출퇴근 도우미 아주머니가 있었지만, 퇴근 후 아이 돌봄은 온전히 내 몫이었다. 도저히 공익 활동을 할 시간을 내기가 어려웠다. 그렇지만 나도 모르게 마음이 동했다.

형사 사건이라고는 사법 시험 합격 후 연수원에서 수습 과정의 일부로 국선변호 활동을 한 번 했던 것이 다였다. 교도소로 접견 갔던 날, 피고인의 눈에도 갓 대학을 졸업한 스물다섯 살의 아가씨가 너무 물렁하고 순진해 보였던가 보다. 피고인이 자신의 말을 곧이곧대로 받아 적고 있는 나에게, "시보님! 시보님은 검사 하지 마십시오"라고 말했던 것이다. 아니, 내가 얼마나 얼뜨기 같아 보였으면 이런 말을 다 듣나 싶었다. 그날 이후로 왠지 트라우마가 생겨 형사 사건은 회피해오던 차였다. 다행히 연수원 수료 후 취업한 로펌에서도 형사 사건은 거의 수임하지 않았기에 가능한 일이었다.

그런데 소년 사건만 전담하는 국선변호사라니! 성인도 아니고 아이들을 상대하는 일이라 해볼 만할 것 같았다. 아이들은 그래도 좀 다르지 않을까 기대감도 있었고, 20대 중반이었던 사법연수원 시절과 달리 아이까지 낳은 아줌마가 되었으니 엄마의 마음이 되어 아이들을 대할 수도 있을 것 같았다. 별다른 형사 사건 경험이 없어 신청서를 내면서도 '설마 되겠어?' 하고 반신반의했는데 덜컥 합격 통보를 받았다. 기대감에 가슴이 두근거렸다.

구정 연휴를 앞둔 2월의 어느 금요일, 그날도 닥친 일을 처리하느라 정신없었던 내게 갑자기 가정법원에서 전화가 왔다. 구정 연휴 다음 날 10시에 시간 괜찮으냐고 묻는다. 아무 생각 없이 "네, 그때는 재판 없어요"라고 대답하자 "잘됐네요. 그럼 기록을 복사해 가세요"라고 한다. 부랴부랴 사무실 직원에게 기록을 복사해달라고 부탁했다.

아뿔싸! 그런데 직원이 법원에서 복사해 온 기록을 보니 양이 너무 많다. 당시만 해도 소년 국선변호사 수가 적어 사건 5건 정도를 한꺼번에 배당했던 시절이었다. 급한 마음에 부랴부랴 기록을 뒤져 아이들의 부모님들 연락처를 찾아보았다. 전화를 해서 주말에 피해자와 합의하고, 탄원서도 써서 오라고 당부했다.

그런데 부모들은 자기 애들이 사고를 쳐 잡혀가 있는데도 "집에서 관리가 안 되니 차라리 소년원에 들어가 있는 편이 낫겠다"라고 하지 않나, 탄원서를 써 오라니 귀찮다는 듯이 "변호사가 다 알아서 하면 되지 않나요" 하는 게 아닌가. 오죽 아이들이 속을 썩이면 저런 이야기를 할까 싶으면서도 내심 이런 부모를 둔 아이들이 불쌍하다는 마음이 들었다.

한 아이는 부모가 이혼한 후 엄마를 따라갔는데, 엄마 사정이 여의치 않았던지 며칠 만에 시설에 맡겨졌다. 그 후 아무도 찾아오질 않았다. 그렇게 세상에서 혼자가 된 것이다. 이 아이는 중학생이 되자 페이스북에서 아빠 이름을 검색해 찾은 후 아빠에게 메시지를 보내 연락이 닿았다. 아빠는 그동안 엄마와 연락을 하지 않고 지내고 있었다. 엄마와 함께 잘 지내려니 생각했던 아이로부터 갑자기 연락을 받았으니 얼마나 놀랐겠는가. 그동안 아빠도 재혼을 해서 새로운 가정을 이루고 있었지만 다행히 아이를 데리고 와서 살기로 했다. 그런데 아이는 그동안의 결핍 때문이었는지, 쉽사리 새 가정에 적응하지 못했다. 오히려, 몇 번인가 그 동네 빈집에 들어가 저금통을 훔치다 경찰에 덜미를 잡혀 재판을 받게 되었던 것이다.

또 한 아이는 부모님이 이혼한 뒤 엄마와 언니들과 함께 살고 있었다. 엄마와 언니들은 일하러 나가느라 바빠 집은 항상 비어 있었다. 피곤하고 바쁜 엄마와 언니들은 퇴근하고 집에 들어와도 아이와 정다운 대화 한번 나누는 일이 없었다. 아이는 텅 빈집이 너무 싫어 친구들과 어울려 점점 밖으로 나돌게 되었다. 급기야는 집에서 나와 친구들과 함께 찜질방과 피시방을 전전했다. 밥 사 먹고 찜질방에서 잘 돈이 떨어지자, 초등학교 6학년밖에 안 된 아이가 친구들과 함께 새벽에 술 취한 사람을 퍽치기 해서 지갑을 훔쳐 달아나다 경찰에 잡혀 왔다.

문제 행동은 문제 가정에서 나온단 말이 실감 났다. 제일 먼저, 저금통을 훔치다 잡힌 아이 아버지가 사무실로 찾아왔다. 이분도 어렸을 때 절도로 소년원 생활을 했다고 한다. 그런데 자신의 경우 오히려 소년원에서 기술도 배우고 검정고시도 합격해서 많이 도움이 되었다고 했다. 아이를 보면 자기 모습을 보는 것 같아서 무섭다고도 했다. 아이가 오랫동안 시설에 있었고 아버지와 같이 살지도 않았다는데, 어떻게 아버지랑 닮아버린 걸까?

그런데 아버지와 대화하면서 느낀 점이 사실 아이의 지금 죄질은 그리 나쁜 편이 아닌데, 아버지의 불안이 더 커 보였다. '나처럼 되면 어떻게 하나. 이러다가 범죄자가 되어버려서 패가망신하면 어떻게 하나⋯' 같은 걱정으로 마음이 복잡한 듯했다. 사실 아이가 초범이고 절도 금액도 크지 않아 집으로 돌아갈 수 있을 것 같았는데, 아이 아버지는 자신의 경험에 비추어 시설에 들어가는 편이 낫겠다는 생각도 든다는 것이다.

"아버님, 아이를 포기하지 말고, 최대한 믿어보시지요. 아이의 지금 상태보다 아버지의 불안이 더 크신 것 같습니다"라고 조언을 드리고, 얼른 합의를 보고 탄원서 쓰시라고 등 떠밀어 아버지를 내보냈다. 아이 아버지는 국선변호사가 이렇게까지 나서서 일해주시니 감사하다고 몇 번이고 꾸벅 인사를 하고 사무실을 떠났다.

2월은 판사 인사이동이 있는 기간이라 법원에서 재판 날짜를 잘 잡지 않는다. 그래서 바쁜 변호사들도 재판이 별로 없어서 쉴 수 있는 때다. 그런데 이렇게 국선변호를 한답시고 주말까지 반납하며 일하다니, 나도 참 고생을 사서 한다 싶었다.

며칠 뒤 눈과 비가 섞여 질척질척하게 내리던 어느 날, 나는 처음으로 이름도 생소한 '소년분류심사원'이라는 곳을 다녀오게 되었다. 소년분류심사원의 원래 이름은 '소년감별소'였는데, 병아리감별소를 떠올리게 한다는 이유로 이름을 바꿨다고 했다. 소년재판을 받는 아이들은 먼저 소년분류심사원에 입소를 한 후 재판 결과에 따라 소년원으로 갈 수도 있고, 민간 보호시설로 갈 수도 있고, 운이 좋으면 다시 집으로 돌아갈 수도 있다. 이렇게 임시로 아이들을 수용했다가 어디로 갈지를 분류하는 곳이라고 해서 소년분류심사원이라는 이름이 붙은 것이다.

자가용 없이 버스나 전철을 타고 다니던 뚜벅이었던 나는 서초역에서 2호선을 타고, 사당역에서 4호선으로 갈아타고, 또다시 금정역에서 1호선을 갈아타고 군포역으로 가야 했다. 날은 추운데 왜 이렇게 전철이 안 오던지.

전철을 기다리면서 떨고 있는데 어딘가에서 달콤한 냄새가 났다. 냄새를 따라 시선을 움직여 보니 '델리만쥬'를 파는 곳이 보였다. '혹 아이들과 나눠 먹을 수 있을까?' 하는 마음에 따끈따끈하고 냄새가 좋은 델리만쥬를 한 봉지 사 들었다. 따끈한 봉지를 품에 안으니 추위도 약간 가시는 듯했다. 그 후로도 10여 분을 기다려 드디어 전철이 도착했다. 전철로 군포역까지 이동한 뒤 역에서 택시를 잡아탔다.

그런데 "아저씨! 소년분류심사원으로 가주세요!" 하니, 택시 기사 아저씨가 고개를 갸우뚱했다. 요즘 같으면 네비게이션 앱을 켰을 것을, 그 당시에는 티맵 같은 네비게이션 앱을 별로 사용하지 않았었다. 아저씨는 결국 나를 소년분류심사원이 아니라 그 근처에 있는 소년원에 내려주고 쌩 가버리셨다. 망했다.

찬바람이 부는 군포 허허벌판에서 오늘 중에 접견할 수 있을까 걱정걱정하며 발을 동동 구르던 중 택시 하나가 구세주

같이 지나가는 걸 발견했다. 무작정 잡아탔다. "이 근처 잘 아시면 타세요"라는 아저씨의 말에 "근처 잘 몰라요. 근데 이 차 안 타면 여기서 얼어 죽을지도 모르니 일단 탈게요!" 하고 아줌마 정신으로 가방부터 쑤욱 밀어 넣었다.

우여곡절 끝에 2시간 만에 도착한 소년분류심사원은 언뜻 보기에 그냥 보통의 학교처럼 생겼다. 운동장을 가로질러 건물 2층으로 올라가 교무실이라고 써 있는 곳으로 들어갔다. 그곳 교정공무원들은 선생님이라고 불린다. 한 선생님에게 휴대전화를 맡기고 변호사 신분증과 접견신청서를 보여주었다. 선생님이 따라오라며 나를 데리고 갔다. 학교와는 달리 교무실에서 교실로 들어가는 문은 자물쇠로 잠겨 있는 철문이었다. 복도를 뛰어다니며 시끌시끌 떠드는 아이들도 없었다.

선생님은 컴퓨터가 놓인 책상 하나가 달랑 있는 접견실에서 기다리라고 했다. 컴퓨터 너머로 아이들을 보며 이야기를 해야 한다고 생각하니, 아이들이 변호인 접견이 아니라 경찰 조사를 받는 느낌이 들 것 같아 마음이 다시 추워졌다.

조금 시간이 지나자 접견실에 남자아이 3명, 여자아이 2명이 차례대로 들어왔다. 기록을 읽고 죄질이 제일 안 좋다고 생각했던 남자아이 한 명, 여자아이 한 명은 막상 만나 보니 제일 잘생기고 이쁘고 착해 보였다. 마치 영화 〈우리들의 행복한 시간〉에서 주인공 이나영이 교도소로 접견 갔을 때 피고인 강동원을 만난 듯 별스러운 기분이 들었다. 기록을 읽었을 때는 '이놈 자식들! 소년원 들어가야 정신 차리지!' 이렇게 생각했던 애들인데 막상 만나서 해맑게 쓱 웃는 모습, "이제 정신 차렸어요" 하는 모습을 보니까 애들은 애들이라 그런지 귀엽기까지 했다.

술 취한 사람을 퍽치기 해서 돈을 빼앗았던 초등학교 6학년 소녀는 도저히 그런 일에 가담했다고는 믿을 수 없을 정도로 작고 가녀린 아이였다. 그 가녀린 몸으로 어떻게 성인 남성의 지갑을 빼앗을 수 있었을까.

이렇게 사람을 잘 믿어서, 그리고 잘 속아주어서 그랬나 보다. 사법연수원 시절 교도소에서 만난 피고인이 "시보님은 검사 하지 마십시오"라고 했던 이유 말이다. 생각해보면 그 피고인이 나를 잘 꿰뚫어본 것 같긴 하다.

아이들은 엄마 아빠와 헤어져 소년분류심사원에 들어오니

집에서 해주신 따뜻한 밥이 제일 먹고 싶다며 울먹울먹한다. 아, 그런데 아쉽게도 전철을 기다리며 산 델리만쥬는 아이들과 나눠 먹지 못했다. 규칙상 외부 음식은 반입 금지라고 하니 말이다. 규칙만 아니면 간식이라도 나눠 먹으며 부모님과 집을 향한 그리움을 달랬을 텐데….

접견을 무사히 마치고, 다시 택시를 타고, 전철을 두 번 갈아타고 사무실로 돌아오니 벌써 퇴근 시간이다. 하루가 참 짧다. 이제 아이들 부모님이 보내준 탄원서와 합의서, 그리고 아이들이 써준 반성문을 모아 판사님에게 제출할 의견서를 써야 한다. 부모님께 돌아가 집에서 한 따뜻한 밥을 먹을 수 있는 기회를 한 번만 더 달라고 호소해보았다.

미처 숨 돌릴 틈도 없이 5건의 의견서를 쓰고 나니 어느새 밤이 되어버렸다. 집에서 엄마만 하염없이 기다리고 있을 돌쟁이 아들에게 미안한 마음이 들었다. 한 번 더 의견서를 최종 검토해보고 싶은 마음을 뒤로한 채 서둘러 가방을 싸며 퇴근 준비를 했다.

미안해, 아들. 엄마는 오늘 어떤 형아들과 누나들을 만나고 왔어. 그런데 이 형아들과 누나들은 너처럼 엄마 아빠의 사랑을 듬뿍 받지 못했단다. 그래서 엄마 도움이 좀 필요해. 그러니 오늘 조금 늦었어도 이해해줄 거지?

어린 엄마,
예진이

──────── 노희경 작가의 〈우리들의 블루스〉라는 드라마를 보았다. 푸른 바다가 시원하게 펼쳐진 제주도를 배경으로 여러 주인공들의 다양한 인생 이야기들이 옴니버스식으로 전개된다. 주인공들 각자의 아픈 개인사에 마음이 아려올 때쯤 보이는 푸르디푸른 제주의 풍경이 이 모든 이들의 아픔을 아름답게 감싸주는 느낌이다. 그럼 드라마 제목에서 '블루스'는 '우울blue'을 뜻하는 건가? 아니면 제주도의 '푸름blue'을 의미하는 건가? 문득 호기심에 인터넷을 검색해보니, 작가는 흑인 음악 장르인 '블루스'가 아픈 사람들이 아프지 않으려고 불렀던 음악인데, 이런 맥락에서 삶의 애환을 슬프게 표현하기보

다는 축제 같은 희망의 이야기를 전하고 싶었다고 한다.

옴니버스식 이야기 중에 '영주와 현' 편은 고등학교 3학년 소녀가 임신과 출산을 하는 내용이다. 영주는 처음에 낙태를 하려고 한다. 현이 낙태하면 아프고 건강도 상할 텐데 어떻게 하냐고 걱정하자 "임신 중단이지, 인생 중단이냐?"라고 씩씩한 척 소리친다. 오히려 아기를 낳으면 학교 다니기도 어렵고 대학에 못 갈 수도 있으니 아기를 낳는 것이 인생 중단이지, 임신 중단이 인생 중단이냐는 이야기다.

이렇게 용기를 내어봤지만, 생각보다 임신 주 수가 오래되어 부모님 동의가 있어야 낙태가 가능하다는 사실을 알게 되고, 현도 계속 반대하자 영주는 출산을 결심한다.

"그럼 너만 믿고 직진할게!"

현을 믿고 출산을 결심한 영주의 머리 위로 갑자기 굵은 빗방울이 떨어진다. 현이 영주 머리 위로 떨어지는 비를 막으려고 두 손을 펼쳐보지만, 쏟아지는 비를 피하기는 역부족이다. 그래도 영주는 자신의 배를 쓰다듬으며 속삭인다.

"아가야, 나한테 온 거 축하해."

영주와 현의 이야기를 보면서, 13년 전에 소년분류심사원에서 만났던 열여덟 살의 어린 엄마 예진이(가명)가 떠올랐다. 호리호리하고 얼굴이 하얗고 갸름한 모습이 극중 영주와 똑 닮은 소녀였다. 그때 예진이의 아들이 우리 아들과 동갑내기 돌쟁이였으니, 지금쯤 벌써 사춘기 중학생이 되었을 것이다. 아들끼리는 동갑인데 나와 예진이의 나이 차이는 열다섯 살이나 되었다.

예진이는 노래방 도우미로 일하다 경찰에 적발되어 소년분류심사원에 위탁되었고 곧 소년재판을 앞두고 있었다. 미성년자를 접대 도우미로 채용했을 경우 고용주만 청소년위반법에 의해 처벌을 받는다. 그런데, 이렇게 접대 도우미로 취업한 학생들도 경우에 따라서는 법 위반 사실이 없더라도 소년재판을 받는다. 소년법에서는 범죄나 비행을 저지를 우려가 있다는 사실만으로도 '우범소년'이라고 하여 소년분류심사원에 위탁할 수 있도록 하고 있기 때문이다.[*]

---

[*] 소년법의 '우범소년' 규정에 대해서는 아동의 인권을 침해하고 사회적 낙인찍기 부작용을 일으킨다는 지적과 비판이 있어, 국가인권위원회가 2016년 11월 규정 삭제 검토를 권고했고 UN 아동권리위원회 역시 2019년 10월 우리나라에 삭제를 권고했다.

예진이는 학생 신분에 아이까지 낳았는데, 또 그 어린 아기를 놔두고 노래방 도우미로 일하다 잡혔다니 왜 그랬을까? 소년분류심사원에서 만난 예진이에게 까닭을 물어보았다. 예진이는 열일곱 살 때 사귀던 남자친구 사이에서 아이를 가졌다고 했다. 그런데 남자친구 부모님이 결혼을 반대하시는 바람에 남자친구와 헤어지고 혼자 아이를 낳을 결심을 했단다.

그런데 예진이에게는 어린 예진이와 핏덩이 아들을 보살펴 줄 부모님이 안 계셨다. 불행히도 부모님이 일찍 돌아가셔서 연세가 많으신 외할머니와 단둘이 살고 있었던 것이다. 아이를 낳는 바람에 학교도 그만둘 수밖에 없었다. 외할머니가 기초수급자여서 나라에서 나오는 돈이 조금 있었지만 그 돈으로는 아이 기저귀 값을 감당하기도 어려웠다. 아이의 아버지에게 양육비를 청구할 수도 있었지만, 만약 그렇게 하면 아이에 대한 친권을 빼앗길까 두려워 그러지 못했다.

예진이는 늙고 편찮으신 할머니에게 오랜 시간 젖먹이를 맡기기가 어려워 다른 아르바이트를 할 수가 없었다. 설상가상으로 아기가 폐에 물이 차는 병에 걸려 병원비를 감당하기 위해 많은 돈이 필요했다. 그래서 급기야 단시간에 돈을 벌 수 있는 노래방 도우미까지 하게 되었다는 것이다.

이렇게 힘든 사연을 큰 표정 변화 없이 담담하게 이야기하는 예진이를 보면서 나이는 어리지만 엄마라서 그런지 내면의 단단함이 느껴졌다. 여리고 어린 예진이가 오히려 할머니와 아기를 돌보고 보살펴야 할 보호자였던 것이다.

운이 나빴던 건지 좋았던 건지 두 번째로 일을 나갔을 때 경찰 단속에 걸려 이렇게 접견실에서 나와 만나게 되었다. 할머니와 어린 아기를 집에 두고 노래방 도우미로 나서야 했을 예진이의 심정이 어땠을까.

나는 예진이의 딱한 사정을 판사님에게 설명드리기로 했다. 연로하신 할머니와 아기만 두고 예진이가 시설로 들어가면, 아기도 할머니도 돌볼 사람이 없어진다고 말이다. 게다가 예진이는 단지 아기와 할머니와 함께 살기 위해 어쩔 수 없이 그곳까지 간 것이라고.

예진이 할머니와 통화를 해보고 싶었지만, 기록에 있는 전화번호로 전화해도 계속 받지 않으셨다. 귀가 안 들리시거나 편찮으신 건가 걱정이 되었다. 그런데 재판이 열리는 날, 허리가 구부정하고 까맣고 바짝 마르신 할머니가 오셨다.

"혹시 예진이 할머님이세요?"

여쭤보니 맞다고 하셨다. 그런데 귀가 어두우셔서 잘 못 알아들으신다.

"할머니, 아가는 어떻게 하고 오셨어요?"

"응? 잘 안 들려. 뭐라고?"

"아기는 어떻게 하셨냐고요?"

"아, 누구한테 잠깐 맡기고 왔어."

"다행이네요. 제가 예진이 국선변호사예요. 할머니, 전화 몇 번 드렸는데 안 받으시더라고요."

"아, 변호사님이셔? 우리 예진이 좀 도와줘요. 불쌍한 애야. 그 어린 나이에 돈 벌려고 나간 거야. 내가 죄인이야. 내가."

예진이 할머니는 내 손을 꼭 잡으시더니, 눈가에 촉촉이 고인 눈물을 닦아내셨다. 집에 있는 아기의 침을 닦는 데 사용했을 것으로 보이는 하얀 가제 손수건으로 말이다. 손녀딸이 잡혀 갔다고 하는데 아기를 돌보느라 면회 한 번 못 가시고, 귀도 안 들려 통화도 할 수 없으니 속이 얼마나 까맣게 타셨을까? 또, 연로하신 나이에 아기를 혼자 돌보시느라 얼마나 힘이 드셨을까? 아기 병원비를 벌겠다고 노래방 도우미로 나섰던 것을 보니 아이에게 필요한 물건도 제대로 사지 못한 것 같았다. 같은 아기 엄마로서 마음이 많이 쓰였다.

여러 건의 재판이 진행 중이었던 터라 예진이 재판은 30분에서 1시간 정도 더 기다려야 할 것 같았다. 집이 근처라 할머님에게 잠깐 앉아서 기다리시라고 당부를 드리고 서둘러 집으로 갔다. 아들 입히려고 사놓은 새 옷 한 벌과 조금 작아졌지만 깨끗한 옷 몇 벌, 그리고 장난감도 한두 개 챙겼다. 예진이 아들이 우리 아들보다 몇 개월 뒤에 태어났으니 맞을 것 같았다.

"할머니, 이거 별거 아닌데, 아가 입히셨으면 좋겠어요. 죄송해요. 급하게 챙기느라 이것밖에 없네요."

할머니 손에 아기 옷과 장난감을 안겨드렸다. 다행히도 할머니는 그 와중에 고마워 어쩔 줄 모르시며 좋아하셨다.

곧 예진이의 재판이 시작되었다. 일반 재판이 공개재판이라 특별한 사정이 없는 한 아무나 방청을 할 수 있는 것과 달리, 소년재판은 미성년자의 프라이버시가 중요하기에 비공개로 진행된다. 그리고 일반 형사재판과 달리 피고인을 엄벌에 처해달라고 호소하는 검사가 없다. 법원이 소년의 처벌 기관만이 아니라 후견 기관으로서 적절한 처분을 내려야 하기 때문이다. 소년재판을 일반 형사법원이 아니라 가정법원에서 하는 이유다. 국선변호사인 나도 일방적으로 소년을 선처해서 집에 보내달라고만 해서는 안 된다. 여러 가지 상황을 참작해서 소년에게 가장 적절한 처분이 무엇인지 객관적인 의견을 제시해야 한다. 소년 사건 국선변호사는 소년을 일방적으로 변호한다기보다는, 소년재판을 보조하는 사람이라고 해서 '국선보조인'이라고 부른다.

그래도 예진이 사건은 선처를 구하며 집에 보내달라고 읍소할 수밖에 없었다. 예진이 할머니와 함께 법정으로 들어가 할머니께 자리를 안내해드리고 변호사석에 앉자, 반대편 문에서 예진이가 나와 판사님 앞에 섰다. 나는 미리 의견서에 써 낸 대로 예진이의 안타까운 사정을 설명하고, 부디 집으로 돌아가 아기와 할머니와 함께 생활할 수 있게 해달라고 호소했다.

판사님은 고개를 끄덕이시며 예진이를 딱하게 바라보시고, 집으로 돌아가 아기를 잘 돌보라며 '불처분'을 내리셨다. 아무런 처분 없이 그냥 집으로 돌아가라는 관용을 베푸신 것이다.

변호사석에서 일어나 귀가 잘 안 들리는 할머님에게 다가가 큰 소리로 말씀드렸다.

"할머니, 예진이 지금 집으로 돌아갈 수 있대요. 판사님이 선처해주셨어요."

"아이고, 판사님, 감사합니다. 감사합니다!"

예진이 할머니는 몇 번을 고개 숙여 판사님을 향해 인사했다. 예진이도 판사님께 꾸벅 인사하고, 할머니를 부축하고 법정 밖으로 나왔다.

"예진아, 힘들겠지만 꿋꿋하게 잘 살아야 해. 노래방 같은 데서 또 일하지 말고. 그러다 걸리면 다시 집에 못 갈 수도 있어. 꼭 용기 잃지 말고 잘 살아."

예진이가 집으로 돌아갈 수 있어 기쁘긴 했지만, 할머니와 함께 복도를 걸어가는 예진이의 뒷모습을 보니 앞으로 어찌 살아갈까 싶어 마음이 애잔해졌다.

국회입법조사처가 발간한 "10대 청소년 미혼모 고립 해소: 가정방문서비스 전면도입을 위한 과제" 보고서에 따르면, 2015년부터 2019년까지 19세 이하 10대 산모가 낳은 아동은

8,081명에 이른다. 또한 10대 청소년 미혼모가 직접 아이를 양육하는 비중은 2015년 기준 15.7퍼센트에서 2019년 24.2퍼센트로 증가했다. 그러나 대부분의 10대 청소년 미혼모는 자녀 양육을 포기하고 입양을 신청하고 있다.

또한 아름다운재단과 한국미혼모지원네트워크가 발간한 "2019 청소년 부모 생활실태 조사 및 개선방안 연구"에서는 청소년 부모들이 여전히 빈곤과 주거 불안정에 시달리고 있다고 한다. 응답자의 61퍼센트가 '현재 경제 활동을 하고 있지 않다'고 답했고, '월 소득이 50만 원 이내'라는 답변도 26퍼센트에 달했다. 주거 형태도 '가족 및 친척 거주지에서 무상으로 거주'가 15.2퍼센트, '모텔이나 찜질방'에서 지낸다는 응답도 6.3퍼센트에 이르렀다. 게다가 청소년 부모의 71.1퍼센트가 원가족의 경제적 상황도 어렵다고 답해서 가족으로부터 경제적 도움도 받기 힘든 상황인 것으로 확인되었다.[*]

사람들은 드라마를 보며 어떻게 저런 일이 있을 수 있냐며 혀를 차지만, 현실의 예진이에게는 드라마 영주에게 있던 아

---

[*] 최다현, "[고립된 10대 미혼모] ① 청소년 산모가 낳은 아이 '5년간 8,000명'", 〈아주경제〉, 2021년 4월 23일자.

빠도 삼촌도 없었다.

　지금은 한부모가족지원법에서 청소년 미혼모를 위한 지원 제도를 마련해서, 소득기준을 충족하는 만 24세 이하 청소년 한부모가구에 아동양육비, 학습비 등을 지원하도록 하고 있다. 2021년 3월 청소년복지지원법이 개정되면서는 혼인신고를 했거나 사실혼 관계에 있는 청소년 부모까지 지원을 확대할 수 있게 되었다.

　예진이 사건을 맡았을 당시에도 국가에서 나오는 보조금이나 무상 어린이집 지원 서비스가 어느 정도 있었지만, 어린 예진이는 소년분류심사원에 들어오기 직전에서야 알았다고 했다. 아마 지금도 어린 학생들은 있는 법 제도를 몰라서 활용하지 못하고 있는 경우가 많을 것이다. 이들이 쉽게 지원 사실을 알 수 있도록 더 적극적으로 홍보해야 한다.

　또한 청소년 부모들이 일을 하고 아이를 키우기 위해서는 취업 지원 서비스도 중요하지만, 실제로 아이를 안전하게 맡기고 일을 할 수 있도록 돌봄 서비스나 보육시설을 충분히 이용할 수 있는 여건도 갖추어야 할 것이다.

자신이 낳은 아이를 지키기 위해 씩씩하게 살아가려고 애쓰던 예진이의 모습이 잊히지 않는다. 예진이는 지금 나처럼 사춘기 아들을 키우며 마음 졸이기도 하고, 듬직하게 바라보기도 하면서 잘 살고 있을까? 문득 궁금해진다. 부모님의 도움도 없이 홀로 아이를 키우며 마음속의 우울blue을 떨쳐내기 힘들었을 테지만, 푸른blue 바다처럼 손녀와 증손주를 바라보셨을 할머니의 사랑에 힘입어 부디 잘 버텨주었길 바란다. 〈우리들의 블루스〉에 나오는 영주와 현처럼 말이다.

현실판 〈나의 아저씨〉 속
지안을 만나다

─────── 많은 사람들이 사랑하는 드라마 〈나의 아저씨〉에
서 아이유가 열연한 지안은, 요양급여를 신청해 요양시설에
할머니를 입소시킬 수 있다는 걸 몰라서 믹스커피 2개를 한꺼
번에 타 마시고 투잡을 뛰며 거동이 불편한 할머니를 모신다.
나는 소년재판에서 현실의 '지안'을 만난 적이 있다.

수현이(가명)는 다른 아이들과 달랐다. 변호사를 접견할 때
꼭 집으로 보내달라고 호소하는 대부분의 아이들과는 달리, 수
현이는 자신의 잘못에 대해 아무런 변명도 하지 않았다.

"보호관찰 위반으로 들어왔네요. 집으로 다시 가기 어려울

수도 있겠는데? 시설에 가게 될 가능성도 높겠어요."

이런 내 말에도 선뜻 알겠다고 말하며 접견실을 떠났다. 반듯한 외모에 조용하고 예의 바른 태도가 이곳에 올 아이 같지 않았기에 마음 한편에 찜찜함이 남았다.

수현이는 예전에 '절도죄'로 소년재판을 한 번 받았다. 그때 선처를 받아 일단 집으로 올 수 있었지만, 보호관찰처분이 따로 붙었다.

집으로 가더라도 보호관찰이 붙으면 반드시 보호관찰소에 주소와 연락처를 신고해야 하고, 1년에서 2년 정도 담당 보호관찰관이 아이들의 일상을 정기적으로 추적 관찰하게 된다. 가끔 보호관찰소에 나가서 교육도 받아야 한다. 담당 보호관찰관이 불시에 전화하기도 하니 잘 받아야 하고, 늦은 시간에 집에 들어가지 않고 바깥을 쏘다니고 있으면 요주의 대상이 되고 만다.

특히 야간외출제한명령이 붙으면 보호관찰관이 야밤에 불쑥 전화해 명령을 잘 지키고 있는지 확인하기도 한다. 때로는 사회봉사명령이 부과되기도 하고, 특별준수사항으로 '학교 잘 다니기', '검정고시 공부하기' 등이 부과되기도 한다.

아이들은 재판 후 첫 한두 달 정도는 보호관찰관의 지도에 잘 따르고 전화도 잘 받지만, 몇 달이 지나면 서서히 해이해져서 정해진 시간에 보호관찰소에 출석하지 않거나 전화를 받지 않기도 한다. 그러나 이런 사소한 행동들도 보호관찰관이 모두 기록해두고 나중에 재판부에 모두 보고하기에 매우 주의해야만 한다. 보호관찰 기간 중에 다른 비행을 저지르지 않더라도, 보호관찰소에 바뀐 주소를 신고하지 않거나 연락이 계속되지 않거나 보호관찰관이 정한 시간에 여러 번 출석하지 않을 경우 체포되어 소년분류심사원에 다시 위탁될 수 있기 때문이다. 이 경우 다시 선처를 받지 못하고 시설에 들어가게 되는 경우도 많다.

수현이도 보호관찰 기간 중에 연락도 받지 않고, 바뀐 주소도 신고하지 않고 잠적해버린 채 6개월 이상이 지났다. 그래서 소년분류심사원에 들어왔고 다시 소년재판을 받게 되었던 것이다.

수현이에 대해 더 알고 싶었지만, 재판 기록에는 수현이 보호자 연락처가 적혀 있지 않았다. 소년분류심사원에 연락해서 겨우 수현이 어머니 전화번호를 알아낼 수 있었다. 나는 수현이 어머니와 어렵게 통화가 되고 나서야, 수현이가 그럴 수밖에 없었던 사정을 알았다. 수현이 어머니는 수현이가 어려서부터 아버지에게 상습적으로 폭행을 당했고 자신도 마찬가지였다고 했다. 그러던 중 아버지는 치매까지 앓게 되었다. 그 와중에도 폭행이 계속되어 견디다 못한 수현이 어머니가 수현이만 남겨놓은 채 집을 나갔던 것이다.

아버지와 둘이 남겨진 수현이는 혼자 아버지 식사를 준비하고, 대소변을 받아내고, 목욕을 시켰다. 가끔은 옷을 다 벗은 채 동네를 돌아다니곤 하는 아버지를 찾아 헤맸다.

그러던 어느 날, 아버지가 집에서 수현이 배를 세게 걷어차는 바람에 장 파열이 되고 말았다. 드라마 〈나의 아저씨〉에서 지안은 자신이 죽인 사채업자의 아들 광일에게 폭행을 당한 것이니 조금 더 낫다고 해야 하나. 현실은 늘 드라마의 상상력을 뛰어넘는다. 자신이 돌보고 있는 친아빠에게 장 파열이 될 때까지 배를 걷어차이면서 수현이는 얼마나 끔찍한 기분이었을까?

참다 참다 배가 너무 아파 병원에 갔더니 응급 수술을 받아

소년재판에서 만난,
길 위의 아이들

야 한다고 했다. 수현이는 연락이 끊긴 엄마 대신 외할아버지에게 전화를 했다. 수현이가 미성년자라 수술하는 데 보호자 동의가 필요했기 때문이다. 외할아버지의 도움으로 겨우 수술을 마쳤다.

그제야 수현이의 딱한 사정을 아신 외할아버지는 구청에 기초수급자 신청을 하고, 아버지의 치매등급도 받아주었다. 수현이는 이렇게 외할아버지의 도움으로 아버지를 요양원에 보낼 수 있게 되었지만 월세가 계속 밀린 상태였다. 수현이는 아버지와 살고 있던 집에서 결국 쫓겨날 수밖에 없었다.

수현이는 외할아버지에게 또 손을 벌리기가 죄송했다. 외할아버지에게는 집에서 쫓겨났다는 사정을 이야기하지 않고, 어떻게든 혼자 생활비를 마련하려고 했다. 학교에 다니면서 밤에 편의점 아르바이트를 시작했다. 그런데 하루는 손님이 지갑을 놔두고 갔다. 손님이 찾으러 오면 돌려주려고 보관하고 있었는데, 자기도 모르게 지갑을 찾으러 온 손님에게 순간적으로 못 봤다고 거짓말을 해버리고 말았다. 수현이가 거짓말을 한다고 생각한 손님은 바로 경찰에 신고를 했고, 수현이가 지갑을 보관하는 모습이 죄다 CCTV에 찍혀 있던 바람에 절도죄로 입건이 되었다. 다행히 수현이의 어려운 사정이 감안되어서 첫 번째 소년재판에서 선처를 받았다. 보호관찰처분만 붙은 채 풀려났던 것이다.

수현이는 그 후 고시원에서 생활하며 동대문에서 옷 장사 아르바이트를 시작했다. 얼마나 성실하게 일했던지 인근 매장 사장님들이 어린 친구가 열심히 일한다며 격려도 많이 해주었다. 그런데 아버지 병 수발과 먹고사는 문제로 그만 보호관찰소에 주소지 변경신고를 깜박해버리고 말았다.

재판 기록에는 이미 쫓겨난 예전 집 주소만 남아 있었고, 보호자 연락처도 없었기에 수현이는 일부러 도망을 가 잠적해버린 것처럼 보였다. 곧바로 경찰수배 대상이 되었다. 수현이를 찾아다니던 경찰은 동대문에서 옷 장사를 하던 수현이를 발견했다. 이웃 상인들이 다 지켜보는 눈앞에서 바로 체포되어 끌려갔다.

이웃 매장 사장님은 평소 수현이가 아픈 아버지 뒷바라지를 하면서 열심히 일한다고 좋게 봤었는데, 갑자기 경찰이 들이닥쳐 수현이를 체포해 가니까 깜짝 놀랐다.

"도대체 무슨 나쁜 짓을 했길래 경찰이 다짜고짜 끌고 가는 거야?"

동대문 상인들이 모여 수군거렸다. 그래도 이웃 매장 사장님은 수현이가 나쁜 짓을 했을 리 없다고 믿고 싶었다.

그런데 며칠 뒤에 수현이 엄마라는 사람이 찾아왔다.

"사장님, 제가 수현이 엄마예요. 너무 힘들어서 치매 걸린 남편과 어린 자식을 두고 집을 나왔어요. 남편이 하도 미친 듯이 때려서 도저히 견딜 수가 없었어요. 제가 수현이한테 너무 큰 짐을 지우고 말았어요."

수현이 엄마는 이웃 매장 사장님을 붙들고 간곡히 부탁했다.

"사장님, 우리 수현이 꼭 집으로 돌아올 수 있도록 도와주세요. 탄원서 좀 써주세요. 저 꼭 수현이 다시 데리고 와야 해요. 그래야 수현이 볼 낯이 있죠."

사장님은 그러면 그렇지 내 눈이 틀리지 않았다며 자신이 나서서 도와주겠다고 했다. 수현이 엄마와 이웃 매장 사장님은 함께 동대문 시장 바닥을 돌아다니며 열심히 상인들의 연명 탄원서를 받았다. 수현이의 딱한 사정을 알게 된 상인들은 뒤에서 욕한 걸 미안해하며 탄원서를 직접 써주기도 하고, 서명란에 서명을 해주기도 했다.

다행히 외할아버지도 또다시 도움을 주셨다. 빚을 내어 수현이 모자의 거처를 어렵게 마련해주신 것이다.

나는 수현이 어머니가 가져온 동대문 상인들의 연명 탄원서 뭉치를 가정법원 소년재판 담당 판사님에게 제출했다. 판사님은 탄원서를 꼼꼼히 살펴보신 후 나를 향해 말씀하셨다.

"국선보조인 의견 진술해주시죠."

나는 얼른 마이크를 입 가까이 대고 또박또박 말했다. 진심이 통하기를 바라면서.

"가정이 보호 울타리가 되어주지 못하는 아이들이 있습니다."

그리고 이어서 말했다.

"치매 아버지를 병 수발해야 했고, 그 아버지에게 폭행을 당해 배가 찢어져 수술까지 받았습니다. 돈이 없어 집에서 쫓겨나는 바람에 남의 지갑에 손을 댈 뻔했습니다. 그래도 곧 후회하고 정말 성실히 일했습니다. 이웃 매장 상인들도 칭찬을 아끼지 않았습니다. 존경하는 판사님, 수현이는 단 한 번도 안전한 가정을 경험하지 못했습니다. 안전한 가정에서, 엄마가 지어준 따뜻한 밥을 먹을 수 있는 마지막 기회를 주시기 바랍니다!"

수현이는 내가 의견을 진술하는 동안 고개를 푹 숙이고 있었고, 수현이 엄마는 판사님을 간절한 눈으로 쳐다보았다. 다행히도 우리 모두의 진심이 통했는지 판사님은 수현이의 딱한 처지를 공감하고 집으로 돌아갈 수 있도록 선처해주셨다.

"이번에는 꼭 보호관찰소에 잊지 말고 주소 신고해야 해!"

이렇게 엄명을 내리시면서 말이다.

재판 일주일 후 수현이 어머니에게서 전화가 왔다.

"변호사님, 정말 감사해요. 우리 수현이 너무 잘 지내고 있어요. 그동안 얼마나 힘들었겠어요. 제가 얼른 돈 벌어서 집 한 칸이나 마련하고 애를 데리고 온다는 게 사정이 어렵다 보니… 이제야 함께 살게 되었네요. 진작 이렇게 할 걸 그랬어요. 수현이랑 매일 같이 밥 먹으니까 너무 좋아요."

수현이가 잘 지내고 있다는 이야기를 들어 기뻤다. 그동안 힘들고 외로웠을 수현이가 이제라도 엄마가 해주신 따뜻한 밥을 먹으며 할아버지 할머니의 사랑 속에서 지낼 수 있기를 마음속으로 기도했다.

"경직된 인간들은 다 불쌍해. 살아온 날들을 말해주잖아. 상처받은 아이들은 너무 일찍 커버려." 드라마 〈나의 아저씨〉에서 '지안'의 과거를 듣고는, 아저씨 '동훈' 역을 맡은 이선균은 이렇게 말한다.

수현이도 지안이처럼 너무 일찍 커버려 누구도 의지하지 못하고, 누구도 믿지 못했던 것이었을까? 그래서 자신을 변호하겠다고 찾아온 변호사마저 믿지 못했나 보다. 보통의 다른 아이들처럼 변호사에게 거짓말이라도, 변명이라도 하며 도와달라고 말하지 못했던가 보다. 나와의 첫 만남에서 자신의 이야기를 단 한 마디도 하지 않은 채, 자포자기한 무표정한 얼굴로 접견실 의자에서 일어서던 수현이의 모습이 지안이와 겹쳐졌다.

지안은 어른다운 어른을 만나지 못해 세상에 비관적이기만 했다. 그런데 따뜻하고 의지할 수 있는 어른을 만나면서 서서히 변화해나간다.

수현이도 자신을 믿고 지켜봐준 동대문 상인들과 엄마, 외할아버지의 따뜻한 도움으로 소년원이나 다른 보호시설에 가게 될 위기를 벗어나 가정으로 돌아갈 수 있었다. 아마도 자신을 도와주러 찾아온 변호사에게조차 마음을 열지 못했을 정도로 차가워졌던 수현이의 마음속에, 그 따뜻했던 어른들의 손길은 오래오래 남아 잊히지 않을 것이다. 그 따뜻함이 수현이의 인생을 인도해주는 빛이 되어주었으면 좋겠다.

이 아이들에게
필요한 것은…

─────── 코로나19로 긴 시간 온라인 예배를 드리게 되었다. 처음에는 실제 예배를 드리는 것처럼 각 잡고 앉아 영상을 보았지만 얼마 못 가 엉망이 되었다. 예배 영상만 라디오처럼 틀어놓고 음식을 먹거나, 다른 일을 하거나 하며 영 날라리 신자가 되어버린 것이다. 아이들도 요즘 같은 때에 굳이 예배드리러 가야 하냐며 게으름을 부렸다. 이래서는 안 되겠다 싶어 아이와 함께 예배를 드리자는 각오로 덜컥 교회 중등부 교사에 지원했다.

중학생 아들은 엄마와 같이 교회 가기 싫다고 하지 않나, 딸은 교회 선생님은 아무나 하는 거냐고 하지 않나, 주변에서는 중등부 교사를 한다니까 교회가 아니라 정신병원이라고 생각하면 잘하지 않겠냐고 하지 않나, 지원은 해놓고 걱정이 한가득이었다.

그런데 막상 중등부 아이들을 만나 보니, 아기 때부터 교회에 다닌 순둥순둥한 아이들이라 그런지 천사처럼 예뻐 보이기만 한다. 교회 안에서 부모님의 사랑을 받고 자란 아이들의 해맑은 얼굴을 바라보면서, 소년분류심사원에서 만나 함께 손잡고 기도했던 아이들의 얼굴이 떠올랐다.

혜준이(가명)는 자신이 태어나고 한 달 뒤 아빠가 집을 나가버렸다. 생계가 막막해진 혜준이 엄마는 돈을 벌어야 했지만 아이를 돌보며 할 수 있는 일자리를 찾기가 쉽지 않았다. 그때 교회에서 운영하는 어린이집 원장이 24시간 아이를 맡아주겠다고 했다. 그래서 혜준이 엄마는 젖먹이 혜준이를 맡겨둔 채 지방으로 취업을 하게 되었다.

혜준이는 어린이집 원장님을 '엄마'라 부르며 자랐다. 진짜 엄마는 혜준이를 만나러 주말에만 서울에 올라왔다. 혜준이 엄마는 어린이집에서 혜준이를 데리고 나와 이모 집에서 자고, 월요일에 다시 일하러 갔다. 그런데 혜준이는 엄마가 자신을 찾으러 올 때 남자친구와 함께 오는 게 정말 싫었다고 한다.

중학교에 입학하면서 혜준이는 엄마와 함께 살게 되었다. 그런데 갑자기 환경도 바뀌고 사춘기도 오면서 방황이 시작되었다. 술과 담배를 하고, 가출해서 남자친구와 모텔에 있다 발견되기도 했다. 엄마가 야단을 칠 때마다 입에 담기 힘든 욕설도 해댔다.

하루는 엄마가 집에 있는데도 밤에 몰래 남자친구를 데려와 함께 잤다. 그런데 엄마한테 들켜버렸다. 엄마가 속상한 마음에 손찌검을 했는데, 혜준이가 바로 아동학대로 경찰에 신고를 해버린 일도 있었다.

혜준이는 가출할 때마다 어린이집 원장님을 찾아갔다. 원장님은 그때마다 혜준이를 나무라지 않고 재워주고, 남자친구와 함께 있으라며 집도 비워주었다고 한다. 혜준이 엄마는 그런 원장님에게 너무나 화가 났다. 아이를 망친다고 생각하여 못 가게 막았다. 혜준이는 자신이 믿고 의지하는 원장님에게 못 가게 하는 엄마가 더 미웠다. 그래서 친구들과 함께 어울리며 오토바이를 훔쳐 타고 다니다가 경찰에 잡혀 온 것이다.

이렇게 혜준이가 소년분류심사원에 위탁된 후, 혜준이는 매일 엄마에게 편지를 쓰기 시작했다. 변호사 사무실로 나를 찾아온 혜준이 엄마는 혜준이에게 받은 편지를 한 뭉치 내놓았다. 편지에는 사실은 엄마를 많이 사랑한다는 혜준이의 손 글씨가 빼곡히 쓰여 있었다. 혜준이 엄마도 여태까지 혜준이와 못 살아봤으니 이제부터 꼭 같이 살아보고 싶다고 울먹였다.

친부모 자식 간이라도 장기간 떨어져 지냈거나 주양육자가 엄마가 아니었던 경우 갈등이 생기는 것을 종종 보게 된다. 함께 살기만 하면 마냥 좋으리라 기대했지만 실제로는 서로 적응 기간이 필요했기 때문일 것이다.

"어린이집에 있을 때는 교회를 열심히 다녔어요. 그런데 엄마와 함께 살면서는 한 번도 못 나갔어요."

나와 접견했을 때, 혜준이가 한 말이다.

"그렇구나. 혜준아, 이번 일을 통해서 혜준이가 변화된 모습을 보이고, 그래서 엄마를 전도하면 예수님이 얼마나 기뻐하시겠니?"

내 말에 혜준이의 얼굴이 밝아졌다.

"혜준이 생활기록부에 상담사가 꿈이라는 내용이 있더라. 어떻게 이런 꿈을 가지게 되었어?"

"제가 힘들게 자라서 그런지 친구들 이야기를 잘 들어줬어요. 힘든 이야기를 잘 공감해주기도 했고요. 친구들이 위로를 받으면 저도 보람을 느꼈어요."

"그랬구나. 헨리 나우웬이라는 성직자가 있는데, 이분도 어린 시절에 아버지로부터 받은 상처가 많았어. 그런데, 자신의 상처를 통해 다른 사람의 상처를 감싸 안을 수 있었대. 그래서 《상처 입은 치유자》라는 책도 쓰셨어. 많은 사람들에게 선한 영향도 끼치셨지. 우리 혜준이도 헨리 나우웬처럼 상처받은 다른 사람들을 위로하고 치유하는 사람이 되었으면 좋겠네."

나는 이렇게 말하며 꼭 상담사가 될 수 있으면 좋겠다고 덧붙였다.

혜준이는 "네" 하고 수줍게 웃으면서 눈을 반짝였다.

나는 혜준이의 손을 꼭 잡고, 혜준이가 마음의 분노와 상처를 털고 일어나 상처 입은 치유자로서 이 세상을 꿋꿋이 살아갈 수 있길 함께 기도했다.

혜준이 재판이 있던 날, 혜준이 엄마는 법정 앞에서 혜준이
가 또 보내주었다며 가방에서 고이 접은 편지와 이모의 탄원
서를 꺼내주셨다. 혜준이는 편지에서 "엄마, 진짜 엄마가 걱정
하는 마음을 알고 있어. 이제는 엄마 마음에 상처 주는 일 없
을 거야. 꼭꼭 약속해"라고 말하고 있었다.

재판이 시작되었다. 판사님은 혜준이를 보자마자 엄히 꾸짖
었다.

"혜준이, 너! 지난번에도 분류심사원 보내지 않고 선처해주
었는데 내가 또다시 선처를 해주면 그 선처를 이용하는 것밖
에 되지 않겠지?"

판사님의 꾸짖음을 들은 혜준이 엄마와 혜준이는 굵은 눈
물을 연신 흘렸다.

"판사님, 죄송해요. 죄송해요. 다시는 잘못된 행동을 하지
않을게요."

혜준이가 판사님께 빌었다.

나는 경험상 판사님들이 보통 선처를 해주실 때는 먼저 엄
히 꾸짖으시는 걸 알고 있었기에 속으로 '아! 집에 보내주시겠
구나' 생각하며 앉아 있었다.

이어서 판사님이 국선보조인의 의견을 물으셨다.

"재판장님, 혜준이와 엄마는 장기간 떨어져 살았기 때문에 적응 시간이 많이 필요했습니다. 이번 소년분류심사원 위탁 기간을 통해 엄마도 딸도 함께 사이좋게 잘 살아보겠다고 다짐하고 각오하고 있습니다. 그러니, 최대한 선처해주십시오."

나는 간곡히 부탁드렸다.

판사님은 고개를 끄덕이며 안 그래도 편지를 다 읽어보았다고 하셨다. 그 마음 앞으로도 잊지 말라고 하시며, 다행히 엄마와 함께 집으로 돌아가도 좋다고 처분을 내리셨다. 물론 1년이라는 긴 보호관찰처분과 함께. 혜준이 엄마에게도 8시간의 부모교육을 받으라는 명령이 떨어졌다.

나는 함께 손잡고 나가는 혜준이와 혜준이 엄마를 보면서, 어렵게 집으로 돌아간 혜준이가 부디 엄마와 함께 행복하게 지내기를 마음속으로 빌고 또 빌었다.

가인이(가명)는 가출 후 친구와 클럽에서 외국인의 돈을 훔치다 경찰에 잡혀 소년재판을 받게 된 아이다. 가인이의 부모님은 가인이가 세 살 무렵에 이혼했는데 오빠와 가인이를 친척 할머니 집에 맡긴 채 각자 재혼을 했다. 가인이 부모님은 처음 몇 년만 친척 할머니에게 양육비를 보내다 흐지부지 양육비도 보내지 않은 지 오래였다. 가인이 아버지는 심지어 친척 할머니가 연락을 하지 못하게 전화번호 수신차단까지 했다.

그런데 가인이가 중학교 1학년 때 갑자기 뇌종양이 발견되어 수술을 받게 되었다. 아이가 수술을 받다 죽을 수도 있다고 하니까 그제야 엄마 아빠가 병원에 찾아왔다. 가인이는 그래도 엄마 아빠를 만나 기뻤다고 한다. 그러나 퇴원 후 엄마 아빠와 함께 살고 싶다는 가인이의 바람을 부모는 매몰차게 거절해버렸다.

가인이는 부모로부터 두 번 버림받았다는 마음의 상처를 입고 방황하기 시작했다. 자주 가출을 하고, 나쁜 친구들과 어울려 다녔다. 할아버지 병 수발에 시터 일까지 하시는 친척 할머니는 가인이의 방황에 더 이상 견디지 못하고 경찰에 보호신청을 했다. 자신이 도저히 아이를 돌볼 수 없으니 보호시설에라도 넣어달라고 한 것이다.

소년분류심사원 접견에서 만난 가인이는 눈물을 글썽였다.

"할머니가 시터 일을 하셔서 항상 집에 오면 안 계셨어요. 오빠는 방에 틀어박혀 게임만 하고요. 저 혼자 너무 외롭고 힘들었어요. 친구들처럼 공개수업 때 엄마나 아빠가 오시는 평범한 삶을 살고 싶었어요."

이야기를 듣다 보니 가인이가 교회에 다닌다고 했다.

"가인아, 사람 아버지는 불완전하지만, 우리의 진정한 아버지는 완전한 하나님이시지 않겠니? 가인이 아버지는 몰라도, 하나님만은 가인이의 아프고 외로운 마음을 아실 거야. 그러니까, 함께 기도하자."

나는 가인이의 손을 붙잡고 선택의 기로에 섰을 때, 늘 선한 쪽을 선택할 수 있게 해달라고 기도했다.

나는 기록에서 가인이 엄마 전화번호를 찾아 연락을 해보았다. 사실 연락을 해도 모른 척할까 봐 내심 걱정이었는데, 다행히 가인이 엄마는 일하느라 바쁜 시간을 쪼개어 탄원서를 써주셨다. 또 가인이 아빠에게도 연락해서 탄원서를 전달해주셨다. 두 분 다 사정상 아이를 직접 키우지 못해 아이가 방황하게 되어 마음 아프다고 하셨고, 다시 집으로 보내주시면 힘이 닿는 대로 양육비도 보내겠다고 하셨다.

가인이를 키우신 친척 할머니에게도 연락해보았다. 할머니
는 며칠 전에 색전술을 받아 건강이 좋지 않다고 하셨다.

"제가 몸이 아파 아이를 어떻게 건사할 수가 없어 경찰한테
시설로 보내달라고 한 거예요. 이제 수술도 받았고, 퇴원도 했
으니 집으로 다시 데려와야죠. 부모 없이 불쌍하게 큰 거 어쩌
겠어요. 아기 때부터 키워 친손녀딸이나 다름없어요."

할머니는 이렇게 말씀하시며 가인이를 위해 탄원서도 쓰시
고 재판에도 출석을 해주셨다. 식도암으로 투병 중이신 할아
버님도 참석해주셔서 감사했다.

"가인이의 이야기를 들으면서 남다른 성장 과정에 마음이
많이 아팠습니다."

내가 재판에서 국선보조인 변론을 시작하자 가인이는 눈시
울을 붉혔다. 이어서 가인이를 위해 할머니와 어머니, 아버지
가 얼마나 힘쓰셨는지를 이야기하자 울먹이기 시작했다.

"가인이가 이 사건을 계기로 할아버지, 할머니로부터 친부
모님보다도 많은 사랑과 관심, 애정을 받고 있다는 사실을 깨
닫길 바랍니다. 그래서 더 이상 외로워하지 말고 받은 사랑에

보답하기 바라며, 이 사랑에 보답하는 길은 잘못된 일을 하지 않고 열심히 꿈을 이루기 위해 성실하게 사는 것이라는 걸 잊지 말았으면 좋겠습니다."

변론을 들은 가인이는 고개를 끄덕였다.

판사님도 가인이의 딱한 사정을 듣고 할아버지, 할머니와 함께 집으로 돌아가도록 처분을 내려주셨다. 가인이는 집으로 돌아가게 되었지만, 대부분의 경우와 마찬가지로 보호관찰이 따라붙었다.

오늘도 예배가 끝난 후 카페에서 맛있는 걸 사주겠다며 중등부 아이들을 데리고 나왔다. 아이들은 아무 말 없이 멀뚱히 있다가도 "너희들 MBTI가 뭐야?" 하고, 요즘 유행하는 MBTI 이야기를 꺼내면 "저는 ISTP예요!", "저는 ENFJ예요. 선생님은요?" 하며 갑자기 수다스러워진다.

평범한 부모인 나도 사춘기 아이를 키우다 보면 힘에 부칠 때가 많다. 아이 입장에서도 너무 가까워 사사건건 부딪히기 십상인 부모는 때로 피곤하다. 다른 어른이 필요할 때가 있다. 예전처럼 할머니, 할아버지, 이모, 삼촌이 다 같이 살던 대가족

시대였다면 엄마한테 혼이 났더라도 할머니나 이모한테 쪼르르 달려가서 엄마 흉을 보며 스트레스를 풀었을 수도 있을 것 같다. 그래서 한 아이를 키우는 데 온 마을이 필요하다고 했던가. 교회 중등부 교사로 봉사하면서, 아이를 키우는 데 공동체의 힘이 필요하다는 생각을 더 많이 하게 된다.

오늘 카페에서 함께 레모네이드를 마시고 있는 교회 아이들의 반짝이는 눈빛에, 오래전 접견실에서 만났던 혜준이와 가인이의 눈빛이 겹쳐진다. 자라나고 있는 이 아이들에게는 공동체의 사랑이 필요하고 돌봄이 필요하다. 모두가 관심을 가지고 돌보아야 할 우리의 아이들이다.

보이스 피싱 중간책,
동수

——— "그래서 그때 학생 마음이 어땠어요?"

아버지와 함께 조정실에 들어와 고개를 푹 숙이고 있는 고등학생에게 물었다.

이 학생은 인터넷 게임 채팅으로 성적인 대화를 시도하며 접근한 사람이 요구하는 대로 나체 사진을 전송했고, 그걸 빌미로 시키는 대로 하지 않으면 부모님과 친구들에게 알리겠다는 협박에 못 이겨 보이스 피싱에 가담했다. 곧 소년재판을 앞두고 있다. 오늘은 피해자가 민사상 손해배상을 청구해서 법원에 나왔다.

협박당해 범행에 가담했을 때 마음이 어땠냐고 물었다.

"머릿속이 하얗게 돼서 아무 생각도 안 났어요."

이럴 때 미성숙한 학생들은 패닉에 빠져 부모나 주변의 어른들에게 도와달라고 말을 못한 채, 해서는 안 될 일을 저지르고 만다.

미성년자를 협박해 범죄에 이용하는 천하의 나쁜 놈들은 법망을 빠져나가고, 꼭 중간에 이용당한 사람들끼리 이렇게 법원에서 만난다. 그런데, 최근 법원에서는 보이스 피싱 피해자의 중간책들에 대한 손해배상 청구를 제한적으로만 인정하는 경향인 것 같다.

그렇다면 피해자는 어디서 금전적 피해를 보상받아야 할까? 정부에서 보상책을 마련하든가, 보이스 피싱 대비 보험이라도 가입시키든가, 금융기관들 영업수익이 많았다는데 기금이라도 만들어서 피해 보상에 활용하든가 했으면 좋겠다.

피해를 당하신 분은 최소한 피해 금액의 절반은 받아야겠다고 하시는데, 농사를 짓고 계신다는 아버님은 보상을 하고 싶어도 집에 돈이 없다고 한다. 법원으로 오기 전날 농협에 가서 최대한 대출받을 수 있는 금액을 물어봤더니 500만 원이라는 답변을 들었다며, 그 금액이 아니면 도저히 어떻게 할 수가 없다는 것이다.

피해자분과 학생 아버지 쪽을 따로따로 불러 여러 차례 대화를 나눈 끝에, 다행히 학생 아버님이 마련할 수 있는 최대한의 금액으로 형사합의까지 이루어졌다. 안타깝지만 피해를 보신 분 입장에서도 재판을 끝까지 한다고 보상을 받을 수 있다는 보장이 없기에 이렇게라도 합의하시는 게 좋은 일이었다.

처음에는 자신들도 피해자라는 학생 아버지의 말에 피해자는 발끈하며 화를 냈다.

"그럼 잘못한 게 없다는 말입니까?"

"당연히 잘못해서 소년재판을 앞두고 있지 않습니까? 아버지도 죄송스런 마음이 있으시겠지만 아들을 앞에 두고 차마 말씀 못 하셨을 겁니다. 선생님도 자식이 있으시지요? 같은 부모 입장에서 너그럽게 이해해주시지요."

내가 최대한 부드럽게 말씀드리자 피해자는 한숨을 쉬며 고개를 돌렸다.

그러자 학생 아버지가 눈물을 삼키며 고개를 숙이신다.

"정말 죄송합니다. 크흑, 그리고 감사합니다."

학생에게도 사과드리고 감사하다고 말씀드리라고 시키고,

앞으로 나쁜 사람들 또 만나지 않도록 주의하고 성실하게 살라고 당부했다. 조정실 문을 나서며 피해자 아저씨가 학생과 학생 아버지 등까지 두드려주시니 참 고마웠다.

　세 사람의 뒷모습을 바라보면서 소년재판에서 만났던 동수(가명)가 생각났다. 동수는 만 18세에 보이스 피싱 중간책으로 피해자에게 1,800만 원의 피해를 입힌 죄로 교도소에 5개월간 유치된 후 소년재판으로 이송되었다. 보이스 피싱은 죄질이 나쁜 범죄인데, 어떻게 어린 나이에 그것도 중간책의 역할까지 하게 되었을까? 소년분류심사원 접견을 했을 때, 동수가 나에게 담담히 전한 사연은 이러했다.

　동수의 친엄마와 친아빠는 동수가 태어나자마자 헤어지셨다. 친엄마는 동수를 데리고 재혼을 했다. 동수는 아홉 살 때까지 새아버지가 친아빠인 줄 알고 살았다. 그런데 불행히도 새아버지는 동수의 엄마를 상습적으로 구타했다. 동수의 엄마는 급기야 동수가 아홉 살 때 동수와 동수의 누나를 데리고 가출을 감행했다. 일단 급한 마음에 살고 보자고 집을 나왔지만, 홀몸으로 생계가 막막하기만 했다. 동수 엄마는 결국 아이들을 친아빠에게 데려다주고 함께 살라고 했다. 동수는 갑자기 만난 친아빠가 어색했다. 새벽에 몇 번 집을 나가 엄마 집을 찾아가기도 했다고 한다.

그런데 얼마 후 동수는 엄마가 교통사고로 돌아가셨다는 청천벽력 같은 소식을 전해 들었다. 교통사고를 가장해 스스로 목숨을 끊은 것 같았다.

"엄마가 저한테 한마디 작별 인사도 없이 떠나서 너무 섭섭하기만 했어요…."

고개를 떨구는 동수의 무릎 위로 눈물방울이 떨어졌다.

동수의 친아빠는 일 때문에 집에 잘 들어오지 않았다. 동수의 누나도 고등학교에 진학하지 않은 채 일을 한다며 집을 나가버렸다. 동수는 중학교 1학년 때부터 집에 혼자 살다시피 했다.

"그럼 밥은 어떻게 해 먹었어?"

안타까워하며 내가 한 질문에 동수가 답했다.

"일주일에 딱 한 번, 친할머니랑 아빠랑 누나랑 함께 저녁을 먹었어요. 그리고 몇 주에 한 번 정도 친할머니 댁에 반찬을 얻으러 갔었어요."

"그럼 할머니 댁에서 가져온 반찬으로 너 혼자 계속 밥을 해 먹은 거야?"

"네."

어린 중학생이 어떻게 혼자 밥을 해서 먹었을까. 동수가 느꼈을 외로움에 마음이 먹먹해졌다.

동수는 학교도 잘 나가지 않았다. 결석이 너무 잦아 학년이 유예되었다. 학교에 잘 적응하지 못했던 동수는 누나처럼 고등학교에 진학하지 않은 채 단기 아르바이트를 전전했다.

"아빠가 생활비는 안 주셨어?"

"네, 아빠한테 생활비를 제대로 받아본 적이 없어요."

이 아이는 도대체 어떤 삶을 살아왔던 것일까. 기록에는 동수가 한번은 친구들과 노래방에 가서 술을 마신 후에 한강 다리에서 뛰어내렸다고 적혀 있었다. 다행히 간신히 구조되어 119에 실려 갔고 정신과병원에 입원했다. 병원 심리평가보고서가 첨부되어 있어 살펴보니, 동수에게 우울증이 있다고 한다. 그리고 동수의 지능이나 정서가 원래는 양호하지만 환경 탓으로 억압되어 있어 잘 나타나지 못하고 있다는 분석 결과가 나왔다.

동수는 정신과병원에서 퇴원한 후에 고깃집에서 아르바이트를 시작했다. 우울증 탓인지 얼마 되지 않아 주인과 다투어 해고되었다. 생계가 막막하던 차에 인터넷에서 아르바이트 광고를 보았다. 쉽게 돈을 벌 수 있다는 문구에 끌려 자기도 모르게 보이스 피싱에 가담하고 말았던 것이다. 중국에 있는 주범에게 피해 금액을 송금하면 동수에게 3퍼센트가 떨어졌다.

보이스 피싱 범죄는 용서할 수 없는 일이지만, 너무나도 기구한 사연에 마음이 아프지 않을 수 없었다. 동수는 소년재판을 받기 전 이미 5개월간 구치소에 유치되어 있었다는 점과 불우한 환경 등이 참작되어 보호관찰부 석방이 되었다.

힘없이 법정 문을 통해 나오는 동수에게 당부했다.

"동수야, 어려운 환경이지만 하늘에 계신 어머니가 지켜보고 계시니까 그거 늘 기억해야 해. 다시는 죄를 짓지 말고 어머니에게 자랑스러운 아들이 되어야 한다."

그러고는 다음 재판을 준비하기 위해 떨어지지 않는 발걸음을 돌려야 했다.

보이스 피싱 범죄로 인한 연간 피해액은 최근 5년 새 연간 2~3만 건에 이르고, 2017년 2,470억 원에서 지난해 7,744억 원으로 3배가 넘게 뛰었다.[*] 예전에는 광고지, 인터넷 광고로 미성년자와 경제적 약자를 유혹해 범죄의 구렁텅이에 빠지게 했던 보이스 피싱 금융범죄 일당은, 이제 더 악랄한 방법인 인터넷 채팅을 통한 협박과 강요로 미성년자를 옴짝달싹 못 하게 만들고 있다.

앞서 이야기한 조정 사건의 경우처럼 '몸캠 피싱' 수법이 증가하고 있는 것이다. 몸캠 피싱 범죄자들은 스마트폰 채팅 앱을 통해 음란 화상채팅(몸캠)을 하자고 접근한다. 그러고는 상대방의 음란한 행위를 녹화하거나 나체 사진을 찍은 후, 피해자의 스마트폰에 악성코드를 심어 피해자 지인들의 연락처를 탈취하고 지인들에게 녹화해둔 영상이나 사진을 유포하겠다고 협박해서 금전을 갈취한다.

서울가정법원 소년재판 담당 판사로 재직한 심재광 판사님

---

[*] 국무조정실 발표, 2022년 6월.

은 앞서 말한 동수 같은 경우에 대해 안타까운 마음을 표현하고 있다.

보이스 피싱으로 검거된 소년들은 구속된 후 구치소에서 성인범들과 어울려 몇 개월을 보낸 다음, 형사재판에서 소년부 송치 결정을 받아 다시 소년보호재판을 받는 경우가 많다. 이 경우 경찰에서의 구속 기간 10일과 검찰에서의 구속 기간 20일, 그리고 1심 재판 구속 기간 최장 6개월을 모두 합하면 소년들은 최장 7개월 동안 구치소에서 별다른 조사나 교육 없이 성인범들과 함께 수용된다. 원칙적으로 소년들은 성인범들과 구분하여 수용하도록 하고 있으나 구치소 형편상 소수의 소년만을 위한 장소를 마련하기는 어렵다. 안타깝게도 이 구속 기간 동안 소년들은 성인범들과 섞여서 오히려 악영향을 받을 수 있는 환경에 노출되고 만다.

반면, 소년보호재판은 일시 위탁되어 있는 동안에도 교육이 이루어지기 때문에 구금에만 초점이 맞춰진 일반 형사 절차와 많이 다르다. 소년재판부의 조사, 심리 결과 형사처벌이 필요하다고 판단되면 검사에게 사건을 다시 보내고 형사재판을 받도록 할 수 있다. 소년재판 과정에서 이루어진 조사 결과가 최종 형사재판에서도 유용하게 쓰일 수 있다.

이러한 이유로 심재광 판사님은 형사재판을 먼저 받도록 하지 않고, 소년보호재판이 먼저 진행되는 절차가 꼭 필요하다고 주장하고 있다.[*]

동수도 5개월간 성인범들과 같이 유치장에 감금되어 있다가 소년분류심사원에 위탁되었던 경우다. 심재광 판사님의 의견처럼 동수가 먼저 소년분류심사원에 위탁되어 불우했던 환경 조사나 우울증 등 정신 상태에 대한 평가를 먼저 했더라면 어땠을까? 유치장 생활을 하지 않고, 기간이 길더라도 처음부터 2년 동안 소년원에서 생활하는 편이 낫지 않았을까도 생각해보게 된다.

동수는 어차피 그때 집으로 돌아가더라도 마땅히 생계에 대한 대책도 없었고, 도와줄 사람도 없었기에 똑같이 범죄에 노출될 위험이 높은 상태였다. 처음부터 소년원에서 우울증 치료도 받고, 검정고시를 준비하거나, 사회에 나갔을 때 필요

---

[*] 심재광, 《소년을 위한 재판》, 106-107쪽, 공명, 2019.

한 적절한 직업교육도 받을 수 있었다면 더 좋지 않았을까?

점점 확대되는 보이스 피싱 범죄를 근절하고자 최근 정부에서 수사력과 행정력을 총동원해서 '정부합동수사단'을 만든다고 한다. 철저히 범죄자들을 잡아 범죄를 뿌리 뽑겠다는 의지는 높이 살 만하다. 다만 그 과정에서 중간책을 담당하는 동수와 같은 청소년들도 많이 검거될 텐데, 청소년의 특성을 고려해 소년재판 절차로 조속히 이행되는 조치가 이루어질 수 있다면 좋겠다는 의견을 보태어본다.

우리가 서로
화해하기까지

─────── 소년 사건 국선보조인 활동을 한 지 여러 해가 지난 어느 날, 법원으로부터 소년 사건 화해권고위원으로도 일해달라는 연락을 받았다. 소년 사건 화해권고 절차는 학교폭력 사건과 같이 가해자와 피해자가 있는 사건에서 서로 간의 합의를 주선하는 일이다. 서울가정법원 소년 사건의 화해권고위원은 한 사건에 2명의 전문상담위원들과 변호사위원 한 명, 총 3명이 한 팀을 이룬다.

첫 사건은 학교에서 가해 학생이 주도해서 피해 학생을 왕따시킨 사건이었다. 기록을 한참 보고 있는데 전문상담위원님 한 분이 전화를 주셨다.

"변호사님, ○월 ○일 2시에 화해권고 기일을 진행하려고 하는데요. 시간 괜찮으신가요?"

"네, 다행히 시간이 비어 있네요. 알겠어요. 그때 뵐게요."

"저희가 미리 가해 학생과 피해 학생을 따로따로 만나보긴 했어요."

"어머, 그러세요? 기록 보니까 합의가 쉽지 않겠던데, 어떻게 잘될 수 있을까요?"

"네, 어렵긴 한데요. 이야기를 많이 나눴으니까 그래도 희망을 가져보고 있어요."

나는 정말 멋모르고 오라는 대로 2시에 갔다. 보통 민사조정이나 가사조정도 한 시간이 넘지는 않기 때문에, 소년 사건 화해권고 절차도 한두 시간이면 당연히 끝날 줄 알았다. 그런데 그건 나만의 착각이었다.

서울가정법원의 작은 방에 전문상담위원님 두 분과 내가 도착했고, 이어서 가해 학생과 가해 학생의 어머니, 피해 학생과 피해 학생의 어머니가 도착했다. 이번이 두 번째 만남이라 그런지 부모님들과 학생들은 위원님들과 눈인사를 하며 자리에 앉았다.

모두 착석하자 전문상담위원님은 먼저 피해 학생에게 시간 순서대로 있었던 사실, 그리고 그때의 감정을 말해보라고 하셨다.

"어렵겠지만 그때 어떤 일이 있었는지 자세히 이야기해줄 수 있겠니? 물론 경찰에서도 이야기했겠지만, 여기 보람이(가명)와 보람이 어머니 앞에서는 한 번도 이야기하지 못했을 테니까, 은성이(가명) 입장에서 한번 시간 순서대로 그때 일을 이야기해보자."

피해 학생인 은성이는 한동안 침묵을 지키다가 어렵게 입을 열었다.

"사실 저한테는 안 좋은 일이라, 계속 잊어버리려고 노력했어요. 그래서 기억이 잘 안 나요."

"맞아, 작년 일이라 시간도 많이 지났고, 정확히 기억하긴 어려울 수도 있어. 그냥 편하게 기억나는 것들을 이야기해주면 좋을 것 같아."

은성이는 겨우 기억을 떠올려 떠듬떠듬 그날의 이야기를 시작했다.

"보람이가 놀이터로 나오라고 해서 나갔어요. 그런데, 보람이랑 친한 애들이 같이 모여 있었어요. 그때 제가 남자친구가 있었는데, 왜 그 오빠한테 꼬리 치냐고 막 그랬던 것 같아요."

은성이가 말을 시작하자 전문상담위원님이 낮은 목소리로 말씀을 하셨다.

"그랬구나. 그때 은성이 네 감정은 어땠어?"

"네, 되게 황당했어요. 나중에 알고 보니까, 그때 사귀던 오빠가 보람이랑 친했던 애랑 먼저 사귀고 있었더라고요. 저는 전혀 몰랐죠. 그래서 저한테 악감정이 있었나 봐요."

"그러고 나서 어떤 일이 있었지?"

"그래서 제가 언제 꼬리 쳤냐고 그랬죠. 그러고 몇 마디 더 말을 주고받았는데, 왜 꼬리 치냐고 그랬던 애가 갑자기 저를 밀쳤어요."

"그랬구나. 그때 어땠니? 많이 아팠어? 네 마음은 어땠고?"

"그렇게 아프진 않았지만 기분이 나빴어요. 그래서 저도 같이 밀쳤죠."

"아, 은성이도 같이 밀쳤구나. 기분이 많이 나빴나 보구나."

"네, 그러고 나서 보람이랑 같이 있던 다른 친구들 중 한 명

이 가방으로 제 팔을 때려서, 저도 걔를 때리려고 했는데, 걔
가 피하는 바람에 보람이가 밀려서 넘어졌던 것 같아요."

"아, 원래 보람이를 밀치려던 건 아니었구나."

"네, 보람이랑은 원래 친했거든요. 보람이를 밀치려던 건 아
니었어요. 그런데 보람이가 갑자기 제 뺨을 때린 거예요."

"그런 거구나. 그래서 은성이 기분은 어땠을까?"

"그때는 너무 경황이 없어서 뭐가 뭔지 몰랐는데, 나중에 생
각해보니 너무 속상했어요."

"그랬겠다. 그러고 나서 어떻게 되었지?"

"그때부터 보람이가 저랑은 말도 안 하고, 만나면 무시했어
요. 다른 친구들도 그랬고요."

"그래, 그래서 은성이 감정이 어땠어?"

은성이는 이제 처음과 달리 술술 이야기를 풀어나갔다. 그
리고 전문상담위원님이 계속해서 감정과 마음 상태를 묻자,
숨기고 있던 자신의 감정을 찾아나가던 은성이 눈에 눈물이
고이기 시작했다.

"제가 특별히 잘못한 것도 없는데, 친하게 지내던 보람이도
차갑게 대하고, 다 같이 따돌리고 욕하니까… 너무 슬펐어요.

죽고 싶었어요."

은성이는 울면서 말을 이어나갔다. 은성이의 말을 묵묵히 듣고 있던 보람이는 같이 울음이 터졌다. 보람이 엄마도 고개를 숙였다.

전문상담위원님은 하기 어려운 말인데 이렇게 자세히 이야기해줘서 고맙다고 하고, 많이 힘들었겠다고 위로한 후 이제는 은성이 어머니에게 고개를 돌렸다.

"은성이 어머니, 이번에는 어머니께서 그간 있었던 일들을 한번 말씀해보실까요?"

은성이 어머니는 딸의 등을 쓰다듬고 나서 말을 시작했다.

"저도 처음에 은성이 말을 듣고 무척 화가 났죠. 그런데 원래 보람이하고 친했던 건 알고 있으니까 원만하게 잘 풀어보려고 했어요."

"그러셨군요. 그런데 어떻게 경찰에 고소까지 하게 되신 건가요?"

"처음에 은성이 선생님한테 이야기했고, 선생님이 보람이 부모님께도 전달한다고 했으니까, 보람이 부모님께 연락이 오려니 하고 기다렸죠. 그런데 아무리 기다려도 연락이 없는 거예요."

그러자 듣고만 있던 보람이 어머니가 답답한지 말씀을 꺼내셨다.

"은성이 어머니, 그건요…."

전문상담위원님이 보람이 어머니를 가로막았다.

"보람이 어머니, 나중에 충분히 말씀하실 기회를 드릴게요. 지금은 은성이 어머님 말씀을 다 들어보면 좋겠어요."

보람이 어머니는 수긍하고 잠잠해지셨다.

전문상담위원님은 은성이를 독려했듯이, 은성이 어머니에게 그때의 감정을 이야기해보라고 부드럽게 유도하셨다.

"잘못한 쪽에서 당연히 먼저 연락을 해야 되는 거 아닌가요? 먼저 찾아와서 사과하고, 잘못했다고 하면 경찰에 고소까지는 하지 않았을 거예요. 그런데 연락도 없고, 학폭(학교폭력대책심의위원회)에서는 변호사까지 선임했더라고요. 잘못한 게 하나도 없다는 거 아니에요?"

"그러셨군요. 어머니, 그래서 그때 감정이 어떠셨나요? 많이 섭섭하셨겠네요."

전문상담위원님은 은성이 어머니가 보람이 어머니를 비난

하는 말을 꺼내자 본인의 감정을 말할 수 있도록 하셨다. 그러자 은성이 어머니는 조금 누그러지시며 말씀하셨다.

"네, 많이 섭섭했죠. 화도 났고요. 우리 애는 왕따까지 당하고 우울증 와서 상담받고 그러고 있었으니까요. 합의도 보람이 부모님이 아니라 변호사가 다짜고짜 얼마에 합의할 거냐고 물어보길래 어이가 없었죠. 이게 돈 가지고 될 문제입니까?"

은성이 어머니는 몇 번 울컥하며 보람이 부모님을 비난했지만, 그래도 자신의 감정을 털어놓으면서 나중에는 좀 더 차분하게 이야기할 수 있게 되었다.

"다행히 우리 아이도 심리상담 꾸준히 받으면서 많이 호전되었고요. 보람이도 그때 일로 학폭 처분 받아서 반도 옮기고 학교에 소문도 나고 해서 힘든 시간 보냈다고 들었어요. 사실 괘씸해서 합의 안 하고 끝까지 가보려고도 생각했지만 마음 바꿔서 나온 거예요."

이제 피해 학생과 피해 학생 어머니의 순서가 끝났다. 시계를 보니 벌써 2시간이 훌쩍 지났다. 눈치가 지금부터 가해 학생과 가해 학생 어머니의 말을 들어볼 차례인 것 같은데, 시간이 갈수록 등도 쑤시고 머리도 지끈지끈하다. 변호사 업무가 분초를 다투는 일이다 보니 한 사건에 이렇게 긴 시간을 쓰는 경우는 드물다. 그런데 전문상담위원님이 너무 열심히 진행을 하시고, 학생들과 어머니들도 진지하게 최선을 다해 임해주시니 시계를 흘끗흘끗 보고 있는 내 스스로가 죄송스럽다. 아니나 다를까, 위원님은 이제 순서에 따라 가해 학생인 보람이에게 말을 꺼내셨다.

"이제 보람이가 보람이 입장에서 그때 있었던 일을 말해볼까? 은성이가 했던 것처럼 있었던 일을 먼저 이야기하고, 그에 대한 너의 느낌을 말해보렴."

보람이는 잠시 그쳤던 눈물을 다시 글썽였다.

"저 진짜 은성이랑 이야기해보고 싶었어요. 그런데 학폭 열리고 나서 접근금지명령이 떨어졌고, 연락도 하지 말라 그러고… 미안하다고 말할 방법이 없었거든요. 경찰에서도 연락하면 안 된다고 하더라고요. 지금 은성이한테 직접 이야기 들으니까 너무너무 미안해요."

보람이는 은성이에게 자꾸만 미안하다고 말하며 눈물을 흘렸다. 은성이도 그런 보람이를 보며 훌쩍훌쩍 울었다.

보람이는 전문상담위원님의 인도에 따라 놀이터에서 있었던 일과 그 뒤에 학교에서 있었던 일들을 이야기하고, 또 그때 감정들도 이야기했다. 친구들 눈치가 있어서 같이 세게 보이려고 뺨도 때리고, 모르는 척하기도 했지만 내심은 신경 쓰이고 미안했다는 말도 전했다.

전문상담위원님은 보람이 이야기가 끝나자, 이제 보람이 어머니에게 이야기할 기회를 주었다.

"은성이 어머니, 정말 죄송해요. 저희도 저희 입장만 생각하고 섭섭한 마음도 있었는데, 오늘 은성이 이야기 들어보니까 저도 가슴이 아프네요. 진작 찾아뵙고 죄송하다고 말씀드렸어야 했는데… 저희가 연락드리기가 많이 조심스럽기도 했어요. 가해자 쪽에서 피해자 쪽에 연락하면 안 된다고 하더라고요. 변호사가 합의 봐준다고 해서 그냥 기다리고 있었던 거예요. 오해하지 않으셨으면 좋겠어요."

이렇게 4명이 차례대로 모두 말하고 나자, 전문상담위원님은 아직까지 훌쩍거리고 있는 보람이에게 물으셨다.

"보람아, 이제 사과하고 싶은 마음이 드니?"

보람이가 고개를 끄덕였다.

"그럼 은성이는 사과를 받을 마음이 있니?"

다행히 은성이도 고개를 끄덕끄덕했다. 그런데 전문상담위원님은 은성이에게 재차 물어보신다. 사과받기를 강요할 생각은 없다고 하면서, 정말 사과를 받을 준비가 되었냐고. 그러자 은성이는 조금 생각하더니 다시 고개를 끄덕인다.

그러자 전문상담위원님은 보람이와 은성이에게 나오라고 하고, 중간에 서서 한쪽 손으로 보람이의 손을, 한쪽 손으로 은성이의 손을 잡았다. 그리고 양쪽과 한 번씩 눈을 마주치며 물으셨다.

"이제 손을 잡을 준비가 다 되었니?"

전문상담위원님은 여러 번 다짐을 받은 후에야 뒤로 물러서셨고, 둘이 서로의 손을 잡게 했다. 보람이와 은성이는 서로의 손을 꼭 잡았다. 보람이가 미안하다고 말했고, 은성이는 사과를 받아들였다. 위원님은 보람이와 은성이를 함께 안으며 토닥이고 잠시 뒤 자리에 앉도록 했다. 사과를 하고, 사과를 받고 나니 어떤 감정이 드는지 또 물어보셨다. 보람이는 마음이 한결 편해졌다고 했고, 은성이도 생각했던 것보다 마음이 편안해졌다고, 사과받기를 잘한 것 같다고 말했다.

　이렇게 모든 순서가 끝나자 어느새 3시간이 훌쩍 지나 5시가 넘었다. 생각해보니 내가 변호사로 어디 가서 이렇게 말 한 마디 못 하고 꿔다 놓은 보릿자루처럼 앉아서 몇 시간 동안 있었던 경험은 난생처음인 것 같았다.

　그런데, 이쯤 되니 보람이 어머니가 내게 슬금슬금 다가오셨다. 꽉 찼던 감정이 해소되자 부모님들도 도대체 합의금 얘기는 언제 할 건지 조바심이 나기 시작했던 것이다. 드디어 변호사인 내가 나설 차례가 되었다. 서로 생각하는 금액 차이가 커서 합의가 쉽지 않겠다고 생각했었는데, 의외로 금액 합의가 쉽게 되었다. 깜짝 놀랐다.

　그 뒤로도 화해권고위원으로 일할 때마다 나는 전문상담위원님들이 밥을 다 지어놓으시면 마지막 순간에 합의서를 작성하며 숟가락만 살짝 얹는다. 헤어지면서는 항상 그분들에게 꾸벅하고 절한다. 존경한다는 말도 덧붙인다. 엄한 분위기 속에서 서너 시간 함께 앉아 있으면 목숨이 줄어든다는 느낌이 들 정도니까. 심지어 이분들은 미리 각각 피해자 가해자 측과

접촉해 따로 예비 만남까지 갖는다. 보수도 별로 받지 못하시는 것으로 알고 있는데, 정말 사명감이 아니고는 하기 어려운 일 같다.

사실 소년 사건은 학교폭력 사건이 많고, 아이 싸움이 부모 싸움이 되고, 부모 싸움이 은밀한 동네 패싸움이 되는 경우가 많아 합의가 쉽지 않다. 변호사 비용이 더 들더라도 끝까지 해보자는 심정으로 점점 감정의 골은 깊어만 간다. 피해자 보호를 위해 가해자가 피해자에게 접근을 하지 못하게 하는 경우가 대부분이므로, 피해자와 가해자는 수많은 관계인들과 절차들 속에서 서로 진정성 있게 속마음을 이야기하고 화해할 기회를 잃어버린다. 전문상담위원님들은 바로 이 지점을 안타깝게 여기며 회복적 정의restorative justice를 위해 노력하고 계시는 것이다.

소년재판 절차에서 왜 가해 소년의 회복만을 위해 노력하고, 피해 소년의 회복을 위해서는 노력하지 않느냐는 비판이 있다. 소년 사건의 화해권고 절차는 이렇게 소외된 피해 소년의 회복을 위해서도 꼭 필요한 것 같다. 우리가 서로 화해하기까지, 감정의 민낯을 드러내고 서로의 마음에 가닿는 것이 왜 이리도 힘든 것일까. 오늘도 진정한 화해라는 기적을 만들기 위해 애쓰시는 회복적 정의의 사도, 소년 사건의 전문상담위원님들에게 존경과 감사의 마음을 전한다.

n번방
피해자들에게

———— "너희들의 잘못이 아니야."

얼마 전 아침 라디오 인터뷰에서 법무부 서지현 검사님이 n번방 피해자들에게 하신 말씀이다. '미투Me Too' 운동의 시발점으로 우리나라를 떠들썩하게 했던 서지현 검사님 본인의 성추행 피해 사건 발표 당시, 성범죄 피해자들에게 가장 힘이 되었던 그 말씀을 언급하신 것이다. 진심을 담은 목소리에 가슴이 뭉클했다.

성범죄 사건에서 특이한 것은 피해자들에 대한 2차 피해가 발생한다는 것이다. '스스로 자초한 일이다', '피해자가 유발한 면이 있다'는 태도다. 즉, 너희들은 피해자가 아니라 범죄 가담자 내지는 유발자라는 따가운 시선이다.

자신의 비밀 SNS 계정에 신체 노출 사진을 게시한 여성들에게 접근해 범행을 한 사건 같은 경우 특히 이런 비난이 따르는 것 같다. 또한 유명 10대 뮤지컬 배우가 n번방 가담자들을 성매매 여성에 비유하면서 일반 남성들을 전부 가해자로 매도하지 말라는 취지의 게시 글을 올렸다가 대중의 뭇매를 맞은 일도 있었다.

소년 국선 사건들을 진행하면서, 어린 여학생들이 성범죄나 성매매에 노출되는 사건들을 많이 접했다. 가출한 남자 소년들은 생활비가 부족해지면 대부분 절도 등의 비행을 저질러 비교적 빨리 적발되어 법원으로 온다. 반면 여자 소년들의 경우는 조건만남 등 음성적으로 이루어지는 성매매를 통해 생활비를 벌면서 오랜 기간 가출 생활을 지속하는 경우가 많아 더 위험한 환경에 오래 노출된다. 최근에는 남자 소년들 역시 성매매 사건의 피해자가 되기도 한다.

이해하기 어렵고 아이러니했던 일은, 성범죄 피해자였던 아이들이 다시 같은 방식의 성범죄 가해자가 되기도 한다는 것이다. 이들은 범죄자일까, 피해자일까? 내가 만났던 대부분의 성매매 가담 소녀들은 같은 가출 그룹 또래들의 강요에 의해 성매매를 접했다. 또래 그룹의 언니들이나 오빠들이 소녀를 가두고 (성)폭행하고 협박해 심리적으로 무력하게 만든 뒤 성매매를 하도록 하는 악질적인 경우도 있었다. 이 아이들은 처음에는 강요에 의해 어쩔 수 없이 성매매에 이르게 되지만, 종국에는 스스로 돈을 벌기 위해 성매매를 하기도 하고, 자신들이 피해를 입은 방식 그대로 더 약한 아이들에게 성범죄를 저지르기도 했던 것이다.

더 큰 문제점은, 이러한 피해 여학생들은 결손 가정의 자녀인 경우가 많아 스스로 학생다운 정상적인 생활을 하기 어려울 가능성이 크다는 것이다. 요행히 한 번 범죄 피해에서 벗어났다고 하더라도, 또다시 안전하지 못한 곳을 배회하다가 위험한 환경에 노출되기 십상인 것이다.

2020년 4월 아동·청소년보호법 개정 전까지만 하더라도 성매매를 한 아이들은 모두 보호처분 대상이 되었다. 내가 국선보조인으로 활동했던 시기가 2019년 초까지였기 때문에 성매매 조건만남을 했던 여학생들을 분류심사원에서 종종 만났다.

나는 국선변호 활동을 하면서 이들의 가슴 아픈 사연을 전하며 범죄자로 여겨 강력한 처벌을 하기보다는, 오히려 쉼터와 정신적인 상담을 제공해 반복의 고리를 끊어야 한다는 취지로 선처를 구하는 의견서를 많이 제출했다.

다행히 판사님들도 대부분 내 의견에 공감하면서 사회가 이들을 보호하는 방향으로 처분을 내려주시곤 했다. 6호 보호시설이나 소년원보다는 이들을 보호해줄 수 있는 쉼터 등 시설에 위탁하는 방향으로 처분을 해주시는 경우가 많았다.

하지만 안타까운 내 마음과 달리, 한 번 성매매 환경에 노출되었던 이 아이들이 쉽게 성매매의 악순환에서 벗어날 수 있었을지는 여전히 의문이 있다. 자신이 처한 환경이 바뀌지 않는 한 말이다.

국선변호를 했던 사건 중에는 지적장애 때문에 성매매 피해를 입은 아이들도 있었다.

장미(가명)는 네 살 때 큰 교통사고를 당해서 머리 부분에 상처를 입고 대수술을 받았는데 그 사고 때문인지 성장하면서 정신적으로 문제가 생겨 우울증, 지적장애, 피해망상 등의 진단을 받았다.

장미는 버디버디로 인터넷 채팅을 하던 중, 한 남성을 만나기로 한 장소로 갔더니 서너 명의 남자들이 자신을 끌고 가 감금했다고 한다. 그 후 한 동갑 여성과 함께 생활했는데 그 여성의 지시에 따라 성매매를 하게 된 것이라고 했다. 당시 장미의 나이가 만 19세였기 때문에 충분히 도망을 가거나 저항할 수 있는 상황이었지만, 동갑 여성의 지시에 따라 강제로 성매매를 했다는 것은 지적장애로 사리 분별력이 약했기 때문으로 보였다.

장미는 이 건으로 2009년 당시 성매매알선 등 행위의 처벌에 관한 법률 위반(청소년) 등으로 청소년 쉼터에서 생활하라는 처분을 받았지만 쉼터를 무단이탈했다. 이후 지방에서 보도방을 전전하며 생활해왔다는 것이다. 장미는 성매매로 임신까지 했으나 술, 담배, 약 등으로 기형의 우려가 있어 쉼터에서 임신 중절 수술까지 했다.

접견을 했을 때 장미는 자신의 상황에 대해 솔직하게 이야기했다. 지적장애가 있어서 그런지 나이보다 훨씬 어린아이처럼 말하는 모습이었다.

"변호사님, 엄마 건강이 안 좋아서 걱정이에요. 얼마 전에 수술하셨거든요. 엄마한테 미안해요. 그리고, 아기한테 미안해요. 제가 술 먹고 담배 펴서 수술해야 된다고 해서…."

장미는 엄마 건강도 걱정하고, 중절 수술한 아기한테도 미안한 마음을 표현했다. 장미의 어머니는 쉼터 같은 자유로운 곳에서는 장미가 또 무단이탈을 하고 성매매를 반복할 위험이 있기 때문에 이탈을 할 수 없는 시설로 보내달라고 요청했다. 나도 같은 의견을 제시해서 장미는 6호 보호시설로 가게 되었다.

진주(가명)는 보호관찰 기간 중 준수사항을 위반해서 소년분류심사원에 위탁된 아이였다. 18세에 아빠가 누군지 불확실한 첫째 딸을 출산했고, 19세에 동네 선배들에게 집단 성폭행을 당해 둘째 딸을 임신해서 출산했다. 두 딸을 모두 진주와 진주의 엄마가 키우고 있었다. 진주는 성폭행을 당해 낳았음에도 둘째 딸을 특히 예뻐했다. 직접 우유도 먹이고 목욕도 시켰다.

진주는 친아버지가 돌아가신 8세 무렵부터 환각 증세를 보이기 시작했다. 아무도 없는데 할머니가 보인다고 하거나 아기 소리가 들린다고 했다. 정신과 치료를 받으며 약도 복용해 봤지만 크게 호전되지는 않았다. 아이큐도 지적장애 수준인 55에 불과했다.

진주의 정신과적 상태를 보아서는 딸들을 양육하기도 버거워 보이고, 또 언제 피해를 입거나 자신이 범죄를 저지를지 알 수 없는 상태였지만, 안타깝게도 경제적인 상황이 문제였다. 진주가 집에서 두 딸을 돌보지 않으면 생계를 책임지고 있던 진주의 엄마가 밖에 나가 일을 할 수 없는 상황이었던 것이다.

진주의 엄마는 이렇게 호소하셨다.

"변호사님, 제가 원래 진주를 시설에 위탁해달라고 했었어요. 그런데, 진주가 없으면 애기들 볼 사람이 없어요. 그럼 우리 다 굶어 죽어요. 그러니까 판사님한테 말씀 좀 잘해주셔서 진주가 집에 올 수 있도록 해주세요."

이런 상황에서 진주를 집으로 돌려보내는 게 옳은지 고민스러웠다. 또 덜컥 임신이라도 하면 어쩌나 싶었다.

"어머니, 진주가 정신과적으로 문제가 좀 있는 거 같은데요. 기록에 보니까 환각 증세도 있다고 하고, 집에 가면 생활이 어렵지 않겠어요?"

"진주가 애기들이랑 있을 때는 환각 증상이 없어져요. 신기하죠? 애기 이쁘다고 그래요."

자신이 낳은 아이라고 예뻐한다는 진주가 안쓰럽기도 하고 기특하기도 했다. 특별히 다른 비행 사실이 없었고, 진주와 진주의 엄마도 집으로 돌아가기를 희망하고 있었기 때문에 결국 진주는 집으로 돌아갔다. 보호관찰에 치료를 잘 받고 약 잘 먹으라는 특별준수사항이 추가되었다. 아마 판사님도 많은 고민을 하셨을 것 같다.

지금은 법 개정으로 더 이상 장미와 같은 성매매 청소년이 범죄자로 소년재판을 받지는 않겠지만, 이렇게 가출 생활을 하며 성매매로 생활비를 버는 청소년들은 다른 사유로도 법원에 오는 경우가 많을 것이다. 이런 아이들에게 법원이 해줄 수 있는 일은 무엇일까?

법원에서 성폭력피해자지원센터와 같은 기관들과 협력해서 이 아이들을 위한 지원 프로그램과 심리상담 과정을 연계해주면 좋을 것이다. 지금도 이미 상당히 이루어지고 있는 일이지만, 늘 인력과 예산이 턱없이 부족하다. 국회와 정부의 관심을 촉구한다.

이근아, 김정화, 진선민 기자는 청소년의 성행위 자체를 죄악시하는 한국 사회에서 사람들은 대개 알선자보다 성매매 당사자인 소녀의 죄를 더 크게 여긴다고 분석한다. 그래서 알선자나 성 매수자는 이런 점을 오히려 협박이나 회유의 도구로 사용하여 갈 곳도 없고, 돈도 없어 허덕이는 가출 소녀들의 절박한 상황을 악용해 성매매로 몰아넣고 있다는 것이다.

십대여성인권센터 조진경 대표는 법 개정 후 상황이 더 나아진 것은 사실이지만, 법 개정이 다가 아니라고 말한다. 조진경 대표가 상담 현장에서 느끼기에 기본적으로 경찰은 여성 청소년들을 피해자라고 여기지 않고, 어차피 또 성매매를 할 아이들이라고 생각한다는 것이다. 또 피해자에서 가해자가 되는 경우도 너무 많다. 온라인 그루밍으로 피해를 당하고, 부모님과의 갈등으로 가출하고, 그 뒤에 성매매 알선이나 조건만남에 내몰리는 사례들이 대부분이다. 혼날까 봐, 처벌받을까 봐 중간에 빠져나오지 못하는 경우가 많고, 자기는 피해자가 되기 싫으니까 또 다른 희생양을 끌어들인다는 것이다. 포주나 알선자가 된 아이들을 추적해보면 결국 시작은 자신이 피해자였다. 그래서 조진경 대표는 언제든 신고할 수 있는 시스템이 마련되어야 하고 현장의 인식이 바뀌는 것이 중요하다고 강조한다.[*]

최근 n번방 사건을 접하면서, 내가 보았던 사건들이 빙산의 일각일 수도 있다는 생각이 들었다. 일부 집단에서 발생했던 비행들이 우리도 모르는 사이에 빠른 속도로 자가발전을 해서 n번방이라는 충격적인 사건에까지 이르렀던 것이다.

스스로 원해서 성범죄의 피해자가 되거나 성매매에 이르는 경우가 있을까? 다시 한번 묻지 않을 수 없다. 성범죄 피해자였다가 실제로 성범죄 가해자가 되거나 성매매에 이르는 다소 극단적으로 보이는 사례들을 언급했지만 생각보다 이런 경우가 드물지 않기도 하고, 정말 피해자이기만 한데도 편견 어린 시선에 2차, 3차, 거듭된 피해를 입는 어린 소녀들도 많을 것이다.

청소년을 대상으로 한 성범죄가 날로 흉악해지고 있다. 그

* 이근아·김정화·진선민, 《우리가 만난 아이들》, 182쪽·198-199쪽, 위즈덤하우스, 2021.

가해자나 가담자가 같은 미성년자인 경우가 많다는 사실에 놀라고, 그 아이들 역시 피해자로 시작했다는 사실에 또다시 경악하게 된다. 이 악순환의 고리를 빨리 끊고 나와야 똑같은 일이 반복되지 않을 것이다. 성매매 청소년들이 왜 그런 행동을 했는지 돌아보지 않고, 차가운 시선으로 바라보는 우리의 태도부터 돌아봐야 할 때다. 언제든 이 아이들이 어른들에게 도움을 요청하고 그 사슬을 끊고 나올 수 있어야 한다.

"다시 한번 말하지만, 너희들의 잘못이 아니야. 너희들을 비난하면서 스스로를 정당화하는 어른들이 잘못이야. 어른들이 미안해. 그렇게 아프도록 모른 채 놔둬서 정말 미안하다."

더불어 살아가는
세상을 위하여

────── 아들의 중학교 입학을 앞두고, 학원을 알아봤더니 웬만한 반은 다 밤 10시에 끝난다는 게 아닌가. 나도 고 3 때 밤 10시에 끝나는 학원까지는 안 다녔던 것 같은데, 너무한 것 아닌가 하는 생각이 들었다.

"아니, 얘가 수험생도 아니고… 초등학생이 밤 10시가 웬 말인가요?" 내가 반문하니 상담 선생님은 "다들 잘하고 있어요. 어머니는 애한테 욕심이 없으세요?"라고 한다. 나는 나도 모르게 손사래를 치며 "아유, 전 반대예요! 반대!"를 외치며 뛰쳐나오고 말았다. 무슨 독립투사도 아닌데 말이다. 이렇게 마음이 약해서야 날로 치열해지는 경쟁 사회에서 아이들을 어떻게 가르치나 고민스럽다. 생각해보면 요즘 젊은 사람들이 왜 그렇게 공정성 이슈에 민감한지도 이해할 만하다. 초등학생, 아니 유치원 때부터 이렇게 수험생처럼 매달렸는데, 성적이 아닌 다른 조건으로 새치기를 당하면 너무 억울할 것 같기도 하다.

그렇다고 무조건 성적 위주로 가는 게 바람직할까? 이렇게 무한 경쟁으로 내달리는 게? 내가 고등학생 시절에도, 학력고사로 무조건 1등부터 꼴등까지 줄을 세우는 데 대한 비판이 많았다. 그래서 나는 수능을 두 번째로 본 세대가 되었고, 그 혜택을 받은 사람 중의 하나다. 처음에는 수능이 본래 취지에 맞게 기본적인 공부 능력을 평가한다는 의미에서 조금 쉽게 출제되었다. 〈행복은 성적순이 아니잖아요〉, 〈그래 가끔 하늘을 보자〉 같은 영화를 보며, 우리가 어른이 되면 더 이상 이런 숨 막히는 수험 생활은 없어질 거라고도 믿었다. 오히려 그때는 친구들과 함께 야간 자율학습을 하며 몰래 책상 밑으로 만화책을 숨겨 보던 낭만이 있었던 것도 같다.

그런데 지금도 달라진 건 없다. 오히려 요즘은 매년 불수능이다. 전문가들도 쉽게 풀 수 없는 고난이도의 문제가 많다고 한다. 유튜브에는 원어민들이 우리나라 수능 영어 시험을 보고 너무 어렵다고 놀라는 영상들도 올라온다. 아이들의 평균 학업성취도가 높아져 변별력을 높인다는 명목으로 문제는 자꾸만 어려워지고 있다. 그에 발맞추어 학원들도 점점 부모들의 불안감을 높이고 있는 듯하다.

꼭 이렇게 해야만 할까? 주변을 돌아볼 여유도 주지 않고 아이들을 몰아붙이면 우리 사회가 더 나아질까? 우리 아이들은 이렇게까지 시키고 싶지 않다는 반항심이 스멀스멀 올라온다. 황금 같은 성장기에 가족이 있는 집에서 편하게 TV 예능 프로그램을 보며 깔깔거리게 할지언정, 밤늦게까지 강의실에 앉혀놓고 문법 가르치고 계산식 가르쳐서 좋은 대학을 보내는 게 무슨 의미가 있나 하는 생각 말이다.

그러고 보면 우리 어른들이 아이들을 위해 해야 할 일은 좋은 학원을 알아보고, 좋은 과외 선생을 알아보는 것보다 다양한 사람들이 함께 더불어 살아갈 수 있는 더 좋은 세상을 만들어주는 일일 것이다.

변호사 초년병 시절, CLFChristian Lawyer's Fellowship(기독법률가

회)에서 현재 UN 장애인권리위원회의 부위원장으로 활동하고 계신 김미연 위원님을 초청해 강연을 들었던 적이 있다. 벌써 20년 가까이 지난 일이지만 아직까지 말씀하신 내용이 기억에 남는다. 본인 스스로도 장애를 가진 김미연 위원님은 왜 하필 내게 이런 장애가 있는지 불공평하다고 하나님께 따진 적이 있었다고 한다. 그러다 어느 순간 산등성이가 있으면 산골짜기도 있다는 자연의 섭리를 깨달으며 사람도 건강한 사람이 있으면 장애를 가진 사람도 있다는 걸 자연스럽게 받아들이게 되었다고 말씀하셨다.

한번은 사람들에게 팀을 만들어 프로젝트를 완성하도록 하는 실험을 했는데, 장애인이 포함된 팀과 포함되지 않은 팀으로 나누었다고 한다. 그런데 예상과 달리 장애인이 포함된 팀이 훨씬 결과가 좋게 나왔다는 게 아닌가? 이유를 분석해보니 장애인이 포함된 팀은 그를 도우면서 서로 협력하는 분위기가 조성되어 결과도 더 좋게 나왔다는 것이다. 반면, 장애인이 포함되지 않은 팀은 서로 자기주장만 하다가 결국 좋은 결과에 이르지 못했다고 한다.

우리는 질병이나 사고, 갑작스러운 파산 등의 평지풍파로 인생의 큰 어려움을 겪다가 정기적인 봉사 활동을 통해 마음의 평화를 얻었다고 말씀하시는 분들을 종종 만나게 된다. 나보다 어려운 사람들을 만나고 이들을 도우면서 나 자신의 상처와 고통도 치유를 받은 것이다.

어려서부터 나보다 약한 사람들을 만나고 어울리며 이들을 돕는 법을 배운다면, 나 스스로 행복해지는 법을 배우는 것이나 다름없지 않을까? 적어도 지금처럼 금수저니 흙수저니 하며 서로 가진 것을 비교하면서 열등감에 속상해하고, 조금도 손해를 보지 않으려고 서로 편을 나눠 싸우는 현상은 줄어들 것 같다.

주변을 둘러보더라도 공부를 잘하는 것과, 의미 있게 산다거나 행복하게 사는 것은 정말 다른 일이라는 생각이 든다. 특목고, 소위 SKY 대학 출신들은 굉장히 자존감이 높을 것 같지만 실상 그렇지 않은 경우도 많이 본다. 오히려 늘 경쟁하고 평가받는 환경에 익숙하다 보니 조금만 자신의 기대에 미치지 못하면 쉽게 실망하고 우울감에 빠지거나, 반대로 자신에 대해 과대평가를 하기도 하는 것 같다. 이렇게 열등감과 우월감은 뫼비우스의 띠처럼 서로 연결되어 있다. 오히려 한번 바닥을 쳐본 경험이 있다면, 어차피 더 내려갈 일도 없고 다른 사람의 평가에 있어서도 상대적으로 자유로울 수 있다.

그래서 내 아이들에게만은 영어 · 수학 학원 레벨 테스트를 못 봐도, 영재원에 못 들어가도, 단원평가를 못 봐도, 내신이 안 나와도, 수능을 못 봐도 "괜찮다", "다음 기회가 또 있다"라고 꼭 이야기하고 싶다. 성적보다 더 중요한 건 신앙과 신념을 지키고, 가족과 친구와 약자를 사랑하며, 인생의 꿈을 발견하고 이를 이루기 위해 노력하는 일, 무엇보다 계속해서 성숙해 나가는 일이라고 말이다. 그리고 그 과정에서 엄마는 항상 네 편이라고 이야기해주고 싶다.

연일 전국장애인차별철폐연대(전장연)의 지하철 시위가 뉴스를 장식한다. 우리는 머릿속으로는 사회적 약자를 위해야 한다고 생각하면서도 막상 내가 개인적으로 불편해지는 건 싫다는 이기적인 마음이 있다. 이런 이기심 때문에 점점 우리 주변에서 몸이 불편한 사람들이 사라진다. 내가 어릴 때만 해도 동네에 한두 명쯤 있었던 것 같은데 요즘은 잘 보이지 않는다.

이들은 어디로 가버렸을까?

'전장연'의 목소리를 들어보니 모두 눈에 띄지 않게 숨어버린 것 같다. 집 속으로, 어둠 속으로. 멀쩡한 아이들도 학교에 가지 않으면 힘이 드는데 장애가 있는 다 큰 자녀와 집 안에 숨어 살아가는 게 얼마나 힘이 들까? 함께 죽고 싶다는 그 마음도 이해가 된다.

김미연 위원님의 말처럼 산에서는 곧게 뻗은 나무도, 구부러진 나무도 함께 자라는데 사람들은 따로따로 산다. 아이들은 학교에서 자신과 다른 친구들을 만날 기회가 없다. 딸아이도 몇 년 전 교회에서 뇌성마비 지체장애가 있는 분을 마주치고 깜짝 놀라며 무서워했다. 한 번도 본 적이 없어 낯선 것이다.

작년에 산길을 오르다 보았던 노부부가 생각난다. 휠체어를 타고 왔던 딸이 비틀거리며 일어나 혼자 휘적휘적 걷자 우리 딸 잘한다며 박수를 치던, 누구보다 환하게 웃던 두 분의 모습이었다. 사지 멀쩡한 자식이 있는데도 내 마음에 안 든다고 쉽게 짜증을 내는 우리가 얼마나 옹졸한가. 길에서, 전철에서, 식당에서, 또 교회에서 이분들을 더 많이 볼 수 있었으면 좋겠다.

내가 소년재판에서 만났던 아이들도 우리 사회의 약한 고리다. 아이 자신이 지적장애나 ADHD, 품행장애, 우울증이 있거나 아니면 아이를 돌보는 보호자가 정신적 질병이나 장애가 있는 경우도 종종 있다.

내가 맡았던 사건들 중 편모 가정에서 자라는 아이가 있었다. 엄마는 우울증이 있어 약을 복용하면 하루 종일 잠을 잤다. 이런 상태로 직장을 구하기도 어려웠다. 기초수급자 신세를 벗어날 수가 없었다. 아이는 이런 엄마가 싫어 자꾸 집으로 가지 않고 바깥을 배회하는 친구들과 어울리게 되었다. 이렇게 가출 청소년들은 돈이 떨어지면 찜질방에서 스마트폰을 훔치고, 빈 차에서 동전을 훔치다 급기야는 가출 팸을 만들어 성매매까지 하는 것이다.

그래서 청소년 사역을 하시는 분들은 입을 모아 이들의 환경을 개선해야 한다고 목소리를 높인다. 소년재판 판사님들을 비롯한 전문가들은 우리나라에서 턱없이 부족한 7호 시설, 즉 치료감호시설을 늘려야 한다는 말씀도 빼놓지 않으신다. 소년재판에서 7호 처분은 소년을 병원이나 요양소 또는 소년의료보호시설에 위탁하는 것이다. 가장 대표적인 시설은 대전소년원부속의원이고 그 외에 각 법원이 위탁계약을 체결하고 있는 민간 병원도 있다. 하지만 그 수가 많이 부족하기에 갈수록 늘어나는 치료 대상 소년 규모에 비례해서 치료감호시설의 인력이나 시설도 대폭 확대해야 할 것이다.

코로나19 사태로 장애인돌봄시설이나 활동도 축소되어 돌봄 부담이 커진 부모가 자녀와 함께 극단적인 선택을 했다는 뉴스가 종종 들려온다. 겨우 학원 문제로 고민하는 내 자신이 너무 사치스럽게 느껴지기까지 한다. 최근에는 학원에 보내고 싶어도 보내지 못하는 저소득층과 학원에 많이 보내는 중상위 계층 간의 격차가 많이 벌어지고 있다고 하니 이런 나의 고민이 누군가에게는 배부른 투정으로 들릴 수도 있을 것 같다.

다만 우리나라의 교육 환경이 청소년들에게 미치는 영향은 꼭 다시 한번 고민해보아야 할 지점이라는 생각이 든다. 원혜욱 인하대 법학전문대학원 교수님도 우리나라 소년범죄의 강력범죄 발생 원인으로 입시 위주의 경쟁 교육을 지적하고 있다. 유럽 국가에서의 소년범죄는 주로 상점 절도, 자전거 절도 등 경범죄가 대부분인 반면, 우리나라의 소년범죄는 발생 건수 대비 강력범죄의 비율이 훨씬 높은데, 이 현상이 한국의 입시 위주 교육 환경과 관련이 깊다는 분석이다. 청소년기는 신체 활동 능력과 감정의 발산이 왕성할 때지만, 한국에서는 성적이 우수한 몇몇을 제외하고는 신체적으로든 감정적으로든 자기 욕구를 발산하기 어렵기 때문이라는 것이다.[*]

BTS가 빌보드 차트를 휩쓸고, 봉준호 감독과 박찬욱 감독이 아카데미 시상식과 칸 영화제에서 상을 받고, 손흥민과 18세 소년 임윤찬이 세계 체육계와 음악계에서 승승장구한다. 지난 6월 '누리호' 발사에 성공함으로써 대한민국은 전 세계에서 일곱 번째로 1톤급 실용위성 발사 능력을 보유한 나라가 되었다. 여러 방면에서 우리나라의 위상이 날로 높아지고 있다. 높아지는 나라의 위상에 발맞추어 일상생활 속에서 사회적 약자를 배려하고 함께 살아가는 성숙한 시민의식과 문화도 발전했으면 좋겠다. 우리 아이들의 교육 방향도 그러하기를 바란다.

---

[*] 이근아·김정화·진선민, 《우리가 만난 아이들》, 187쪽, 위즈덤하우스, 2021.

내가 워킹맘이
되어보니…

───── 둘째 아이의 출산을 앞두고 예정된 소년재판 기일에 참여를 하지 못하는 상황이 생겼다. 당시 서울가정법원에서 근무하시던 김귀옥 부장판사님에게 양해를 구하기 위해 전화를 드렸다.

"부장님, 안녕하세요? 제가 출산을 앞두고 있어, 부득이 국선보조 활동을 중단하게 되었습니다. 죄송합니다."

전화기를 통해 따뜻한 목소리가 들렸다.

"네, 건강히 출산하시고 몸조리 잘하고 돌아오시기를 바랍니다."

부장님은 첫아이 나이도 물어보시고, 아이 키우며 일하느라

고생이 많다고 격려까지 해주셨다. 포근한 격려의 말씀에 출산을 앞두고 일을 쉬어야 해서 심란했던 마음이 한결 따사로워졌다.

김귀옥 부장님은 집단 폭행의 후유증으로 비행을 저지른 여학생을 소년원으로 보내는 대신, "나는 이 세상에 두려울 것이 없다!" "이 세상에는 나 혼자가 아니다!" "나는 무엇이든 할 수 있다!"라고 큰 목소리로 외치게 하고 불처분을 내린 일화가 인터넷 글로 널리 전해지면서 유명해지신 분이다. 이 세상에서 바로 네가 제일 중요하다고, 이 세상은 네가 주인공이란 사실을 잊지 말라고 당부하시며, 마음 같아서는 꼭 안아주고 싶지만, 법대가 가로막혀 있어 이렇게 말할 수밖에 없어 미안하다 하셨다고 한다.

"아이들은 잠시 흔들릴 수 있어요. 제자리로 돌아오게 하는 건 부모를 포함한 우리 어른들의 몫이죠. 부모들이 경제 활동을 하느라 바쁘다 보니 아이와 함께 있는 시간이 점차 줄어들고 가정과 학교에서 소외된 아이들은 서로에게 의지해 모여 다니게 되죠. 아이들의 잘못된 행동을 저지하고 바로잡을 사람이 없다는 게 가장 큰 문제예요."

김귀옥 부장님이 인터뷰 중 하신 말씀이다.[*] 부장님의 말씀처럼 소년재판에서 만난 아이들은 경제적 형편이 어려워 생계 유지에도 바듯한 맞벌이 가정이나 편부모 가정에 속해 있어 돌봄을 받지 못하는 경우가 많다. 하루 종일 혼자 집에서 외롭게 있기 싫어 친구들과 어울려 집 밖을 배회하다가 쉽게 비행에 빠지곤 하는 것이다. 때로는 경제적으로 어렵지 않은데도 부모 모두 사업 등으로 너무 바빠 아이를 챙기지 못하는 경우도 있다.

나도 워킹맘으로 어린 자녀들을 집에 둔 채 일해야 하는 형편이기 때문에, 이런 아이들의 환경이 남의 일같이 느껴지지 않는다. 할머니나 도우미 이모의 도움을 받는다고 해도 채워지지 않는 부모의 빈자리는 있게 마련이다.

큰아이가 다섯 살쯤이었나? 둘째를 낳고 재택근무를 하던 시절, 사무실에서 급하게 호출이 왔다. 다른 변호사들이 다 외

---

[*] 노정연, "김귀옥 판사에게 듣는 소년범을 바라보는 우리의 자세", 〈레이디경향〉, 2011년 6월 3일자.

근 중이라 재판에 출석해줄 수 있겠냐고 말이다. 당시만 해도 재택근무라는 큰 특혜를 누리고 있는 마당에 아이 때문에 못 하겠다 할 수 없었다. 둘째는 어린이집에 늦게까지 맡기기로 하고, 일찍 유치원에서 하원한 큰아이 손을 잡고 법원으로 향했다.

아이를 데리고 재판을 진행할 수 있을까? 걱정이 되긴 했다. 보통은 법정에 대기하는 사람들이 많이 앉아 있기 때문에 맨 뒷자리에 아이를 몰래 앉혀놓고 얼른 나가 진행을 하고 나올 생각이었다. 판사님이 눈치 못 채시게 말이다.

아이에게 절대 엄마 부르지 말고 뒤에 얌전히 앉아 있으라고 신신당부한 후 법정 문을 열었는데 아뿔싸, 마지막 재판이라 그 넓은 법정에 대기하는 사람이 한 명도 없었다! 아이 손을 잡고 들어가는 나와 판사님의 눈이 마주쳤다. 민망한 순간이었지만 아무렇지 않은 척 최대한 자연스럽게 맨 뒷자리에 아이를 앉혀놓고 변호사석으로 나갔다. 다행히 비슷한 또래의 아이 아버지일 것으로 보이는 판사님은 눈치껏 누구냐고 묻지 않고 바로 재판을 진행해주셨다.

아이가 "엄마! 언제 가?" 하고 부르며 뛰쳐나올 것만 같아

등 뒤가 오싹하고 식은땀이 줄줄 흘렀다. 판사님이 묻는 말에 짧게 "네, 네" 대답을 하는 둥 마는 둥 서둘러 재판을 마치고 꾸벅 절을 하고는 아이를 데리고 나왔다.

친절하신 판사님 덕에 무사히 재판을 마치고 나니 긴장이 풀렸다. 그러자 아이가 처음 가본 법정에 어떤 인상을 받았을지 궁금해졌다.

"엄마 부르지 않고 조용히 기다려줘서 정말 고마워. 근데 엄마 재판하는 거 보니까 어땠어?"

"응. 엄마가 '네! 네!' 했어. 그리고 인사했어."

미국 법정 드라마에 나오는 변호사처럼 막 멋지게 변론했어야 하는데 괜히 긴장하는 바람에 아들에게 밋밋하고 멋없는 변호사의 인상을 심어준 건가 싶었다. 외국 어디에선 국회의원이 수유하면서 국회에 출석했다고 하고, 일인 비영리 사무실을 운영하며 장애인을 위한 공익 무료 변론을 하시는 김예원 변호사님도 갓난아이를 수유하며 변론을 하셨다고 한다. 나도 다음에는 좀 더 당당히 아이를 데리고 가서 '미드'에서나 볼 수 있는 멋진 변론을 펼쳐보리라 마음먹었다. 그런데 이제는 벌써 아이들이 사춘기라 엄마가 같이 가자고 꼬드겨도 영

소년재판에서 만난,
길 위의 아이들

따라나서지 않을 눈치다.

요즘은 코로나19 사태 때문에 재택근무가 일상화되었다. 그런데 내 경우 둘째를 낳은 직후인 2011년에 6개월쯤 재택근무를 할 기회가 있었다. 그 후에는 사무실에 나가는 시간을 줄이는 대신 월급을 시간에 맞게 조정하는 방법으로 탄력근무를 하기도 했다. 조금이라도 집에서 아이들을 많이 보기 위해 선택한 방법이었고, 일본에서 오래 생활하셨던 로펌 대표님이 탄력근무와 재택근무에 대한 이해가 깊으셨기 때문에 가능했던 일이다. 이런 이유로 내가 일했던 법무법인 인앤인이 대한변호사협회에서 주는 제1회 일·가정 양립상을 수상하기도 했다. 그때 함께 일했던 미혼 변호사들은 나를 부러운 눈으로 바라보며 '진정한 웰빙'이라고 칭송하기도 했다.

그러나 이제 다들 아시다시피 아이들이 집에 있다면 재택근무나 파트타임은 일과 육아라는 2개의 짐을 동시에 지는 일이 된다. 아마 그때 그 미혼 변호사들도 이제는 결혼하고 아이도 낳았으니 알 것이다. 이것이 '웰well빙'이 아니라 '헬hell빙'일 수도 있다는걸! 회사에서 다 못 끝낸 일을 이고 지고 오지만, 집에서 아이들을 돌보느라 결국 싸 들고 온 일은 밤을 새워 하게 되고 만다.

일하는 아이 엄마들은 회사에서는 온전히 일에 헌신하지 못하는 죄인이 되고, 집에서도 가정을 온전히 돌보지 못하는 이중 죄인이 된다. 나도 직장 상사와 나 대신 아이를 돌봐주시는 가족에게 "죄송해요"란 말을 달고 10여 년의 세월을 보냈다. 육아휴직, 재택근무, 파트타임, 풀타임, 전업주부, 재택근무에 가까운 개인사업자까지 이제 안 해본 업무 형태가 없을 지경이다.

남들 다 하는 육아, 뭘 그리 유난을 떠느냐고 할 수도 있겠지만 나는 일에서도 인정받고 싶었고, 엄마로서도 아이들과 좋은 애착 관계를 이루고 싶었다. 내게는 둘 다 중요한 일이었기 때문이다.

조금이라도 더 아이와 함께하고 아이들 일에 개입하면서 더 복닥거리며 애증의 관계를 이루었을지언정 늘 이런 '이중의 전장'에서 나를 위로해준 건 아이들이었다. 조그맣고 보들보들한 손을 내밀며 "난 엄마가 세상에서 제일 좋아"라고 할 때마다 오히려 그 조그만 어깨에 기대었던 건 나였던 것 같다.

소년재판에서 만난, 길 위의 아이들

세상의 한편에선 여전히 아이 딸린 여성 근로자를 하자 있는 부품 정도로 여기지만, 다른 세상의 한편에서는 아내 대신 아이를 하원시켜야 한다고 공개적으로 밝히며 강의를 마치고 서둘러 달려가는 변호사도 있다. 변호사협회에서 주최한 강연에서 본 장면인데 아주 인상적이었다.

이제는 내 보호가 필요한 조그맣고 연약한 아이들로부터가 아니라 아이를 낳아야 한다고 강변하는 사회로부터 이해받고 배려받고 싶다.

미셸 오바마의 자서전《비커밍》에는 이런 내용이 나온다.

내가 이토록 어수선한 상태라는 것을 숨기고 싶지 않았다. 모유수유를 해야 하는 아기와, 세 살배기 아이가 있다는 사실부터, 정치인 남편의 변덕스러운 일정 때문에 집안일을 거의 도맡아야 한다는 사실까지.

좀 뻔뻔하게도 나는 신임 사장 마이클 라이어던과의 면접에서 이런 사실을 모두 털어놓았다. 심지어 세 살 된 사샤까지 데려갔다. 그녀를 맡길 사람을 구하지 못해서 그랬는지,

아니면 구태여 그럴 마음도 나지 않았는지는 기억나지 않는다. 사샤는 어렸고, 내 손길이 많이 필요했다. 사샤는 엄연한 내 삶의 요소였기에—귀엽고, 옹알이하고, 무시할 수 없는—나는 아이를 말 그대로 논의 석상에 올려두었다. 저는 이런 사람입니다. 그리고 제게는 이 아기도 딸려 있죠. 나는 이렇게 말한 셈이었다.

미래의 상급자와 면접을 볼 때 아이를 데려가서 이런 생각을 했다는 것이다. 우리 사회도 면접할 때 당당하게 아이를 데려가 탄력근무를 요구할 수도 있는 성숙한 사회가 되길 진심으로 바란다.

얼마 전에는 이대녀(20대 여성)와 이대남(20대 남성)이 대립하고 있다는 뉴스를 접하고, 중학생 아들한테 너는 여자 남자 편 가르고 싸우지 말라고 이야기하기도 했다. 아들은 "남자는 군대를 가야 되니까 불공평하지 않냐"라고 묻는다.

"음, 그건 북한과 분단돼 있는 우리나라의 현실 때문인 것이지, 여자들 탓이 아니야. 당장 군대 갈 때는 불리해 보일 수 있

소년재판에서 만난,
길 위의 아이들

지만, 인생 길게 보면 결혼하고 아이 낳은 후 여자들이 일하기 불리해질 수도 있거든. 그러니까 인생 길게 보고, 항상 너보다 약한 사람들을 생각하는 사람이 됐으면 좋겠어."

아들이 고개를 끄덕이며 내 말을 접수해주어 다행이다.

사실 아이를 낳기 전에는 남자 동기들과 다른 점이 별로 없었기 때문에 오히려 여성이라는 점이 더 주목받는 계기가 되어 사회생활에 유리한 면도 있었던 것 같다.

또 다른 한편으로는 우리 사회가 군대의 확장판 같다는 생각도 많이 했었다. 아무래도 군 생활을 하고 온 남성들은 사회생활을 잘한단 이야기를 들었고, 그렇지 않은 여자들은 사회생활을 모른다는 소리도 들었다. 조직에서 유일한 여성이었을 때는 남성들의 군대 이야기, 축구 이야기, 군대에서 축구한 이야기에 추임새 넣어줄 만큼 분위기 맞추는 데 익숙하기도 했고 말이다. 군 생활을 안 한 것에 오히려 일종의 콤플렉스 같은 것이 있었다고 할까?

3년간 열심히 조직에서 일하고 있었는데 법무관 다녀온 선배가 새로 입사해 선임 경력자가 된 것도 많이 어색했다. 항상 높은 유리천장이 있어서 여성 파트너, 여성 임원은 손에 꼽을 만큼 적었고, 있어도 가정생활과 일 모두 조화롭게 유지하는 분들은 더 드물었다. 그래서 이대남들의 생각을 이해하려고 노력하면서도 가슴으론 쉽게 공감하기 어려웠다.

그러고 보니 소위 이대남, 이대녀와 내 세대가 벌써 20년 차이가 나니 강산이 변해도 두 번은 변했다. '라떼'에 그랬다고 지금 그렇다는 법은 없다. 요즘 젊은 아빠들은 아내와 산후조리원 생활도 같이하고, 아기 밤중 수유도 당연히 같이한다고 한다. 아내가 육아휴직을 했더라도 육아를 다 맡겨버리지 않고 나눠서 하는 것도 좋아 보인다. 내가 일했던 외교부에서도 여성 국장이 여러 명 나왔고, 여성 과장도 절반 정도라고 한다. 대형 로펌에서도 심심치 않게 여성 파트너 승진 소식이 들려온다.

그래도 역사를 돌아보면 미국 연방헌법에서 여성에게 참정권을 부여한 것이 불과 100년 전이고, 지금도 실제 형사재판에서는 절대 다수의 범죄 피해자가 여성들이다.

나도 대학 다닐 때는 꼭 여학생회가 있어야 하나 생각했고, 페미니즘은 너무 공격적이라 여겼다. 그러나 사회생활을 하고 특히 아이를 낳고 키우면서 여성, 아동, 장애인, 외국인 근로자

등에 대한 기본적인 시각이 얼마나 중요한지 알게 되었다.

우리 자녀들이 나만 아는 이기적인 사람이 아니라 나와 다른 타인을 배려하고 공감하는 사람이 되었으면 좋겠다는 생각이 든다. 나에게는 아들도 있고 딸도 있으니 말이다.

지금처럼 아이 육아 문제를 개인에게만 맡겨놓는 시스템도 개선되었으면 한다. 결국 결손 가정의 비행 청소년 문제도 부모의 공백을 우리 사회, 우리 공동체가 메울 수 없어 발생하는 문제이기 때문이다.

이 문제는 우리나라의 출산율과도 연관이 있다. 찔끔찔끔 주는 육아수당만으로 아이를 낳을 것이라고 생각하면 큰 오산이다. 아이를 낳으면 국공립 수준의 질 높은 보육시설에 누구나 입소시킬 수 있고, 베이비시터를 국가에서 관리하고, 하교 후에도 청소년센터 같은 곳에서 아이들이 질 높은 방과 후 교육을 받을 수 있다면 안심하고 아이를 출산하지 않겠는가? 선거 때마다 홍보물을 자세히 들여다보지만 늘 보육과 교육 정책이 아쉽기만 하다. 아이를 낳고 싶고 키우고 싶은 나라가 될 수 있길 바란다.

SNS와 외로움,
그리고 분노

──────── 중학생 아들과 함께 중고등부 교회 수련회에 참가했다. 코로나19 사태로 3년 동안 중단되었다가 오랜만에 열린 수련회였다. 그런데 함께 버스를 타고 수련원에 도착하자마자 교회 부장님이 아이들에게 핸드폰을 모두 내놓으라고 하신다. 2박 3일 동안 스마트폰 없이 생활해야 하는 것이다. 마지막으로 부모님께 전화를 하고, 선생님이 내미는 봉투에 스마트폰을 내려놓는 아이들의 눈빛은 떨어질래야 떨어질 수 없는 연인과 헤어지는 것처럼 절절하다.

그런데 들여다볼 스마트폰이 없어진 아이들은 조금 시간이 지나자 서로의 얼굴을 바라보기 시작했다. 함께 수다를 떨고,

공을 차고, 물놀이를 하고, 피아노를 쳤다. 방 안에 침입한 벌레를 보고 비명을 지르면서도 즐거워했다. 개구리를 잡아 친구들에게 보여주었다. 천장에 붙은 거미를 잡아달라며 나를 수시로 호출하기도 했다. 나도 며칠 새 벌레 잡는 실력이 많이 늘었다.

첫날 밤, 커다란 모닥불을 피워놓고 캠프파이어를 했다. 선생님이 장작에 기름을 붓자 불꽃이 하늘까지 올라간다. 불꽃을 따라 하늘을 올려다보자 도심에서는 볼 수 없던 수많은 별들이 보인다. 아이들은 마시멜로도 구워 먹고, 선생님들이 몇 시간 동안 정성 들여 구워주신 닭꼬치도 맛있게 먹었다. 빨리 집에 가고 싶다며 툴툴거리던 아이들도 선생님들이 시시때때로 해다 바치는 간식에 입이 헤벌어졌다. 떡볶이, 과일꼬치, 야밤에 먹는 치킨….

급기야 마지막 날 밤에는 밤을 새도 좋다는 선생님의 말씀에 아이들은 만세를 불렀다. 친구들과 한 방에 모여 마피아 게임을 하고 수다를 떨었다. 새벽 5시까지 눈을 비비며 깨 있다가 일출을 보겠다며 문밖을 나서기도 했다. 스마트폰 없이도 친구들과 이렇게 즐겁게 놀 수 있다는 사실에 자신들도 놀랐을 것이다.

드디어 수련회 마지막 날! 수련회 소감문을 쓰라고 하자 중학생 남자아이들은 "다 좋았다" 딱 한 줄 쓰고 다 썼다며 나를 쓱 쳐다본다. "얘들아, 이거 최소 다섯 줄은 써야지"라고 해봤지만 영 먹히지 않는다. 그런데 "소감문 다 쓰는 사람부터 핸드폰 돌려줄 거야!"라는 부장선생님의 말씀이 떨어졌다. 이런, 금방 아이들의 눈빛과 태도가 달라진다. 손이 바빠졌다. 금방 다섯 줄을 채웠다. 저 스마트폰을 향한 집념이라니!

나는 아직도 중학생 아들에게 스마트폰을 사주지 않은 고루한 엄마다. 초등학교 입학했을 때 사주었던 폴더폰이 얼마 전 고장이 나 새로 사주려고 했더니 대리점에서 이제 인터넷이 되지 않는 핸드폰은 없다고 한다. 마음에 들지 않았다. 데이터를 막아놓긴 했지만 어디든 공공 와이파이가 터지는 곳에서는 인터넷이 가능할 터였다.

아들 또래의 교회 아이들은 이런 나를 호되게 질책했다. 아들한테 스마트폰을 아직 사주지 않았다고 하자 있을 수 없는 일이라는 표정으로 눈을 동그랗게 떴다.

소년재판에서 만난,
길 위의 아이들

"선생님! 빨리 사주세요. 친구들이랑 카톡도 해야 되고 스마트폰 없으면 절대 안 돼요!"

"와, 선생님, 너그러운 줄 알았더니 실망이에요. 어떻게 아직까지 아들한테 스마트폰을 안 사줄 수가 있어요?"

"그래? 선생님 많이 잘못한 거니?"

"당연하죠."

이런 단호박 같은 답변이라니. 마치 내가 아동학대를 하고 있는 것마냥 아이들의 눈빛이 따갑다. 이래서 사람은 늘 배워야 한다. 멋도 모르고 시작한 교회 교사인데, 아들 또래의 아이들과 대화하면서 아들을 더 이해하게 된다. 만약 교사로 봉사하지 않았더라면 지금보다 훨씬 더 꼰대가 되었을 것이다. 아직 스마트폰을 사달라고 떼쓰지 않는 착한 아들에게 감사하다.

이처럼 요즘 청소년들에게 스마트폰은 더 이상 전화 수단만이 아니다. 자신의 분신과도 같다고 해도 과언이 아닐 것 같다. 양심에 손을 얹고 생각해보면, 아이들뿐 아니라 우리 스스로도 마찬가지가 아닌가.

자연스럽게 카카오톡, 페이스북, 인스타그램, 유튜브와 같은

SNS도 오프라인의 모임 공간과 같은, 아니 더 중요한 소통의 공간이 되었다. 그래서인지 요즘 소년 사건의 트렌드는 SNS에 의한, 그리고 SNS를 통한 비행이라고 말해도 될 것 같다. 내가 국선변호를 하며 만났던 소년들 중에서도 SNS를 통해 비행에 이른 경우가 많았다.

다희(가명)는 두 번 소년재판을 받기는 했지만, 모두 친구들의 비행에 단순히 가담한 수준이었다. 그런데 갑자기 SNS를 통해 만난 남자친구와 어울려 다니면서 밤에 서너 개의 가게 유리창을 깨고 들어가 돈을 훔치기 시작했다. 나이에 어울리지 않는 대범한 범행이었다.

그런데 소년분류심사원에서 만난 다희는 자그마한 체구에 눈이 크고 예쁘장하게 생긴 아이였다. 자신의 꿈은 타투이스트라고 했다. 꿈을 이야기할 때 눈이 반짝반짝 빛나서 도저히 내가 기록에서 본 아이와 같은 아이라고는 믿을 수 없는 지경이었다. 이렇게 예쁜 아이가 어쩌다 이런 비행에 휩쓸리게 됐을까?

다희의 성장 환경에 대해 자세히 물어보았다. 다희는 아버지가 사업에 망해 빚쟁이들을 피해 도망을 갔다고 했다. 그러자 다희 어머니는 집을 떠나 홀로 지방에서 일하며 생계를 담당해야 했다. 집에는 대학생인 언니와 다희만 남아 있었다. 언니도 아르바이트로 늘 바빴다. 집에 늦게 들어오는 날이 허다했다. 다희는 혼자 밥을 챙겨 먹어야 하고, 혼자 잠드는 날도 많았다. 늘 외로웠다.

내성적이어서 친구도 별로 많지 않았던 다희는 주로 SNS를 통해 친구를 사귀었던 모양이다. 그러다 SNS를 통해 남자친구를 사귀게 되었고, 남자친구가 하자는 대로 비행에 가담했던 것이다.

혜경이(가명)는 성매매 채팅 앱을 이용해서 돈을 뜯어내는 사기 조직에 가담해서 소년분류심사원에 위탁되었다. 성매매 채팅 앱을 통해 성인 남성들과 약속 장소를 잡고, 막상 약속 장소에 나가서는 성매매 사실을 신고하겠다며 돈을 뜯어내는 수법이다.

자세히 기록을 보니 혜경이도 다희처럼 외로운 아이였다. 혜경이 아버지가 교도소에 수감된 지 10년째였다. 엄마는 혜경이가 어렸을 때 집을 나갔다. 그래서 혜경이 홀로 할머니 집에서 생활하게 되었다.

할머니는 엄마를 닮은 혜경이가 예쁘지 않았다. 늘 혜경이에게 욕을 하고 눈엣가시처럼 여겨 어린 혜경이가 마음 붙일 곳이라곤 없었다. "네가 태어나면서 집안에 망조가 들었다"라며 폭언을 일삼았다. 혜경이는 할머니의 폭언을 피해 SNS로 도망갔다. SNS에서 사귄 친구들을 통해 사기범죄에 가담한 것이다.

이렇게 SNS를 통한 청소년 비행의 근간에는 외로움이 자리 잡고 있는 것 같다. 10대들에게는 부모보다 친구들이 더 가까운 관계라고 한다. 그런데 요즘은 주로 친밀한 관계를 오프라인보다 온라인으로 맺는 경우가 많다. SNS를 통해 만나는 친구를 더욱 친밀하게 느끼는 것이다. 그 친구가 하자는 것을 하지 않으면 또다시 혼자 외롭게 남는 것이 두려워 나쁜 일인 줄 알면서도 함께하는 것이다.

다른 한편으로 SNS를 통해 표출되는 폭력과 범죄는 마음속의 분노를 오프라인에서 풀 수 없어 행해지는 경우가 많은 것 같다. 요즘 아이들은 예전 아이들에 비해 겉으로는 온순하고 착해 보인다. 그런데 SNS에서 표현하는 말과 글을 보면 더욱 거칠고 폭력적인 말을 많이 쓴다. 얼굴을 직접 보지 않아 반응을 볼 수 없는 데다 익명이라는 가면에 숨어 표현이 더욱 세지는 것이다.

서경이(가명)는 아는 동생 한 명을 협박해서 돈을 빼앗고 폭행한 후 경찰 조사를 받았다. 조사를 받은 직후 집으로 돌아와서 바로 SNS에 피해자 욕을 썼다. 경찰은 이를 발견하고 재비행 위험이 있다며 소년분류심사원에 위탁해달라고 했다. 서경이는 실제로 동생한테 욕을 한 것도 아니고 공갈한 것도 아닌데, SNS에 욕을 썼다가 며칠 만에 삭제한 걸로 다시 잡혀 왔다며 억울해했다.

하지만 실제로 SNS를 통한 폭언은 오프라인보다 더 파급력이 크다. 오프라인보다 더 많은 사람들이 그 글을 본다. 또 작성자가 글을 삭제한다고 해도, 다른 누군가가 그 글을 캡처해서 퍼 나르거나 하면 일파만파로 널리 전파될 위험성이 큰 것이다.

단순히 SNS에 욕을 올리는 것으로 끝난다면 그나마 다행이다. 몇 해 전 우리나라를 떠들썩하게 했던 부산 여중생 사건은 여중생들이 집단으로 폭행하는 장면을 스마트폰으로 촬영해서 SNS에 올려, 실제 폭행 장면을 영상으로 지켜본 많은 사람들에게 충격을 주었다. 게다가 최근 많은 성범죄 사건들에서 가해자가 피해자의 나체를 촬영하고, 이것을 가족에게 보낸다거나 SNS에 올리겠다고 협박하는 식으로 2차 가해를 가하는 경우는 또 얼마나 많은가. 영상이나 사진을 합성해서 유포시키면 진짜가 무엇인지 헷갈릴 때도 있다.

공상과학 영화나 소설에서 보던 가상의 친구, 가상의 세계가 청소년들 사이에선 이미 현실화되고 있다. 코로나19 사태로 이런 현상은 더욱 가속화되었다. 이미 닥쳐온 메타버스의 세상 속에서 더 이상 우리 아이들에게 디지털 기기를 멀리하라는 잔소리만으로는 문제가 해결될 수 없어 보인다.

SNS가 청소년들에게 꼭 나쁜 영향을 미치는 것만은 아닐 것이다. 아이들은 인터넷을 통해 세계 곳곳의 소식과 정보를 실시간으로 더 많이 접할 수 있다. 교회 우리 반의 한 중학생 아이는 인스타그램에 에세이를 써서 수천 명의 팔로워를 거느리고 있다. 이렇게 SNS는 자신의 개성과 재능을 표출할 수 있는 공간이 되기도 한다.

아이들이 안심하고 디지털 세상에서 활동할 수 있도록 안전한 환경을 마련해주었으면 좋겠다. 예전부터 논의되어 온 인터넷 포털 사이트의 사회적 책임을 더욱 강화해야 할 것이다. 인터넷이나 SNS를 통해 범죄 목적으로 청소년에게 접근하는 자들을 차단할 수 있는 기술적 장치를 만들어야 하고, 그 비용을 인터넷 포털 사이트 운영자들이 부담하는 방법을 논의했으면 한다.

사이버 공간이 오프라인 공간보다 더 편한 우리 아이들을 위해, 오프라인의 청소년 쉼터 같은 아늑하고 편안함을 느낄 수 있는 치유의 공간들이 SNS에서 많이 생겨났으면 좋겠다. 더 이상 책을 보지 않고 영상을 더 즐겨 보는 아이들을 위해, 청소년을 위한 좋은 콘텐츠를 담은 영상들도 많이 개발되었으면 한다. 우리 세대 때 〈십대들의 쪽지〉라는 작은 잡지가 많은 청소년들에게 선한 영향력을 미쳤듯이 말이다.

소년재판 후,
다시 연락 못 한 이유

─────── 한 친구가 물었다. 내가 소년재판에서 만난 아이들이 어떻게 지내는지 궁금하다고, 다시 한번 연락해보라고. 아마 그 친구는 나를 만난 아이들의 삶이 드라마틱하게 변화되어 행복하게 살고 있을 거라고 기대하는지도 모르겠다.

나도 소년재판을 하며 만났던 아이들, 현실의 '지안이'들과 '영주'들이 어떻게 지내는지 가끔 궁금했다. 하지만 연락해보지 못했다. 못 한 것인지 안 한 것인지 모르겠다. 재판 후 6호 보호시설에 들어간 아이들에게 마음이 쓰여 작은 선물이나 편지를 보낸 적은 몇 번 있었다.

"여자아이들은 어떤 선물을 좋아하나요?" 보호시설 선생님에게 전화했을 때, 선생님은 "글쎄요… 여자아이들은 화장품을 좋아하더라고요. 파우더나 립스틱 같은 거요"라고 대답하셨다. 좋은 책 같은 걸 선물해줄까 하고 생각했던 나는 속으로 머쓱해졌다. 그래도 화장품을 보내기는 망설여져서 약간 색상이 있는 립밤을 보냈던 기억이 난다. 그러나 그뿐이었다. 계속 편지를 주고받거나 연락을 주고받지는 못했다.

겁이 나서였을지도 모른다. 여전하거나 더 나빠졌을까 봐. 혹은 계속 들이닥치는 사건들과 관계들 속에서 나의 삶을 유지하기 위한 보호 방법이었거나. 사법 절차에서 만난 이들에게 내가 할 수 있는 일이란 어디까지일까?

엠마 톰슨이 주연한 영국 영화 〈칠드런 액트〉에서 판사 피오나는 종교적 이유로 연명치료를 거부한 소년 애덤의 생사가 달린 재판을 하게 된다. 애덤은 무기력한 자신에게 생명을 준 피오나에게 절박하게 매달리지만 피오나는 그냥 일을 했을 뿐이라며 매몰차게 뿌리친다. 결국 애덤은 절망에 빠져 스스로 다시 연명치료를 거부하고 죽음을 선택한다.

강변의 들판에 내 사랑과 나는 서 있었지.

기울어진 내 어깨에 그녀가 눈처럼 흰 손을 얹었네.

강둑에 풀이 자라듯 인생을

편히 받아들이라고 그녀는 말했지.

하지만 나는 젊고 어리석었기에 이제야 눈물을 흘리네.

피오나가 극 중 애덤에게 연명치료를 해야 한다고 판결을 내리기 전 병실에서 애덤과 함께 불렀던 노래 가사다. 애덤은 피오나와 함께 이 노래를 부르며, 어쩌면 살아보는 것도 좋겠다는 생각을 했었던 것 같다. 그러나 피오나로부터 거절당한 후 같은 상황에서 삶이 아닌 죽음을 선택했다.

한 번의 따뜻한 대화, 그리고 한 번의 기도만으로 아이들의 삶이 변화할 수 있다면 얼마나 좋을까. 하지만 차가운 현실에서 작은 아이들의 의지란 것은 그다지 강하지 못하다.

선교(가명)는 대를 이어 목회를 하고 있는 집안의 아이였다. 할아버지도 목사님이었고, 삼촌도 목사님이다. 부모님이 일찍 돌아가셔서 할머니가 키우셨다. 누나가 먼 곳에서 일을 해서 할머니에게 생활비를 보내고 있었다.

선교는 키도 크고 덩치도 컸다. 성격도 호탕해 학교에서 일진 노릇을 하고 있는 것 같았다. 선교는 등하굣길에 후배 학생들에게 공갈을 해서 돈을 빼앗고, 친구와 싸우다 주먹을 날려 폭행 및 공갈로 소년분류심사원에 들어왔다. 벌써 세 번째 분류심사원 신세다. 그때마다 다시는 잘못하지 않겠다며 여러 통의 탄원서를 써서 냈다.

"선교야, 네가 이렇게 계속 여길 들락거리면 너를 키워주신 할머니가 얼마나 속상하시겠니?"

"알아요. 죄송해요. 할머니가 맨날 저 위해서 기도하시는데…."

선교는 큰 덩치에 어울리지 않게 어린아이 같이 말했다. 기록을 보니까 ADHD가 있어 약물치료를 하다가 요즘은 소홀히 하고 있다고 한다. 접견을 하던 중, 할머니가 찾아오셨다. 소년분류심사원 선생님의 양해를 얻어 3명이 함께 자리했다.

"변호사님, 우리 선교가 귀한 아이예요. 어려서부터 목회자가 되라고 제가 기도를 얼마나 열심히 했는지 몰라요. 그런데 이렇게 사고를 치고 다니니 제가 속상해 죽겠어요. 그래도 원래 품성은 착한 아이예요."

할머니는 눈물을 훔치시며 자그마한 몸을 몇 번이나 숙여 인사하신다.

"잘 좀 부탁드립니다. 우리 선교 잘 좀 부탁드려요."

"할머니, 힝… 울지 마세요."

선교는 할머니가 계시니까 더 어린아이처럼 굴었다. 그런데 워낙 여러 건의 비행 전력이 있어서 선뜻 잘될 거라고 말씀드리기가 어려웠다.

선교의 재판이 있던 날, 할머니와 함께 대기실에 앉아 있는데 훤칠하고 목소리가 시원시원한 여자 변호사 한 명이 "어? 선교 할머니 아니세요?" 하고 아는 척을 한다. 나중에 같은 상임조정위원으로 법원에서 만난 김 모 변호사였다.

"아이고, 선교 또 분류심사원 들어갔어요? 아, 그럴 줄 알았어요. 그때 집으로 가면 안 됐었는데 판사님이 괜히 봐주셔가지고!"

지난번 선교 국선보조를 담당했었나 보다. 나이도 어린 것 같은데 웃으며 씩씩하게 말하는 태도가 꼭 선배 변호사같이

소년재판에서 만난,
            길 위의 아이들

넉넉하다.

"할머니! 이번에 선교 꼭 소년원 들어가야 돼요! 그래야 정신 차리죠. 그러니까 마음 단단히 먹으세요."

나 대신 할머니에게 마음의 채비를 시켜주는 걸 고마워해야 하나 어째야 하나 고민하고 있는데 법정경위의 목소리가 들린다.

"○○○호 이선교 사건 보조인 들어오세요!"

판사님은 아니나 다를까 선교에게 1개월 단기로 소년원에 다녀오라는 처분을 내리셨다. 선교는 바닥에 무릎 꿇고 두 손바닥까지 싹싹 빌며 판사님께 보내지 말아달라고 애원하며 울었지만 판사님은 단호하셨다.

몇 개월이 지난 뒤 문득 선교가 떠올랐다.

'지금쯤 소년원에서 나왔을 텐데… 페이스북에서라도 한번 찾아봐야겠다.'

페이스북에서 선교의 이름을 검색해보았다. 의외로 쉽게 찾았다. 그런데 첫 게시물에 대문짝만하게 보이는 여자 왕가슴 사진!

"이놈아, 소년원 다녀와서 이제 정신 좀 차렸냐?"

김 모 변호사처럼 아무렇지 않고 씩씩하게 이런 페이스북 메시지라도 보내면서 가끔 연락하고 지냈더라면 어땠을까? 하지만 그때의 나는 몰래 페이스북 검색을 해본 것이 낼 수 있는 용기의 최선이었던 것 같다.

다행히 이렇게 용기 없는 나 대신 이 아이들을 꾸준히 만나주시고, 아이들의 환경 개선을 위해 일해주시는 귀한 분들이 있다. 호통 판사로 유명한 천종호 판사님은 8년간 소년재판을 담당하며 1만 2,000명의 소년들을 만났다고 한다. 천 판사님은 아이들에게 처분을 하는 데 그치지 않고, 퇴근길에 보호시설을 찾아가서 아이들을 만나기도 하고, 재판 후에도 아이들과 연락하며 밥을 사 먹이기도 하는 등 아이들을 위해 마음을 써주셨다고 한다. 물론 보호처분을 내린 후 사후 집행까지가 소년재판 판사들의 소임이라고는 하지만 이렇게까지 하기가 참 쉽지 않은 일이다.

또한 천 판사님은 아이들에 대한 처벌보다 환경조정이, '대안가정'과 '대안부모'가 해결 방안이라는 결론을 내리고 '비행청소년 전용 그룹홈'인 청소년회복센터를 설립하는 데 앞장서셨다. 2010년 11월 창원에서 시작된 사법형 그룹홈을 제도화하기 위해 국회의원들에게 친필 서명이 담긴 책과 편지를 보내는 등 이명 증상이 생길 만큼 백방으로 노력하셨다.

이런 노력 끝에 2016년 5월 청소년회복센터가 청소년회복지원시설로 공식적인 지위를 얻었고, 2019년 1월부터 청소년회복지원시설에 국가의 예산이 지급될 수 있게 되었다.[*] 이 시설에서 생활한 아이들은 재비행률이 현저히 떨어진다고 하니 천 판사님의 노력이 열매를 맺어 정말 다행이란 생각이 든다.

임윤택 목사님은 1999년부터 복지 사각지대에 있는 저소득 소외계층 청소년을 위한 사역을 해오시다, 2014년 4월 여자 보호소년들을 대상으로 둥지청소년회복센터를 만드셨다.

보통 소년재판에서 6호 보호시설이나 소년원에 보낼 정도까지 비행을 저지른 것은 아닌데, 보호자에게 돌려보낼 수 없는 경우가 있다. 아빠가 알코올 의존증이거나 엄마가 우울증이 있거나 부모가 아동학대를 하는 등의 상황에서는 위탁보호위원이나 가정집과 비슷한 환경인 회복센터 같은 곳에서 지내

---

[*] 천종호, 《내가 만난 소년에 대하여》, 200-201쪽, 우리학교, 2021.

게 하는 1호 처분을 내린다.

목사님은 《다시 아빠 해주세요!》*란 책에서 이렇게 법원에서 1호 처분을 받아 센터에 위탁된 비행 청소년들과 생활하는 이야기를 놀랍게도 소설처럼 엮어 풀어내셨다. 목사님을 필리핀어로 아빠를 의미하는 '따따이'라고 부르는 이 아이들을 목사님은 '나쁜 아이들이 아니라 아픈 아이들'이라고, 잘못은 했지만 '계속 자라나는 아이들'이라고 말씀하신다.

올봄 우리 교회 중등부 부흥회 강사로 오셨던 이요셉 목사님은 2011년부터 '양떼커뮤니티'를 설립하셔서 가정 밖 청소년, 보호시설 퇴소 청소년, 보호관찰처분 청소년, 미혼모, 다문화가정 등을 대상으로 사역을 하시고 계시다. 10년 동안 어림잡아 1,000명이 넘는 청소년이 거쳐 갔다.

2011년, 교회 문을 몰래 따고 들어와 술판을 벌인 아이들을 만나면서 이들에게 밥을 사주다가 사역을 시작하게 되셨다고 한다. 아이들이 밥을 먹으며 부모에게 학대당한 경험 등 이야기를 꺼내기 시작했기 때문이다. 경찰서에 불려 가서 아이들

* 임윤택, 《다시 아빠 해주세요!》, 엠마우스, 2021.

대신 선처를 구하거나 판사 앞에서 빈 적도 여러 번이라고 한다. 자살 시도 청소년이나 미혼모를 대상으로 경제적 지원도 하고 있다. 집단상담 등으로 도움도 주고 있다. 몇 년 전부터는 '거리학교'를 열어 아이들에게 검정고시 공부도 시킨다.

연락을 끊고 다시 범죄를 저지르는 아이들을 보며 밑 빠진 독에 물 붓기처럼 느껴질 때도 많았고, 불안장애, 공황장애가 올 정도로 힘든 적도 있었지만 포기할 수 없었다고 하신다. 2019년에 그동안의 일들을 담은《지금 가고 있어》[*]라는 책을 출간하셨다.

이 외에도 위탁센터, 상담센터, 아동복지시설, 치료시설 및 여러 민간 시설 등에서 일하시는 많은 분들이 거리의 청소년들을 위해 애쓰고 계실 것이다. 마음 한편에 묵직하게 자리 잡고 있는 아이들을 위해 이렇게 고생하고 계신 분들을 생각하면 늘 감사하고 죄송한 마음뿐이다.

얼마 전 중등부 예배 중에 한 여학생이 배가 너무 아프다고

---

[*] 이요셉,《지금 가고 있어》, 두란노서원, 2019.

집에 간다고 했다. 증상을 물어보니까 신경성 위통인 것 같았다. "어머니께 전화할까?" 하고 물어보니, 아파서 힘없는 목소리로 "엄마는 사역 중이셔서 전화가 안 될 거예요"라고 겨우 말한다.

걷는 것도 힘들어 보여 차로 집에 데려다주면서 이것저것 물어보니 아빠는 목사님이시고 엄마도 전도사님이시라고 한다. 아파서 잘 걷지도 못하는데 엄마 아빠 일에 방해될까 봐 연락드리지 말라고 하는 게 안쓰러웠다. "엄마 아빠가 목회하시면 네가 참아야 할 게 많겠네" 하니 고개를 끄덕끄덕한다.

내가 이 아이만 했던 시절이 떠올랐다. 우리 어머니도 내가 중학생 때 신학교를 가셔서 고등학생 때 전도사, 강도사를 거쳐 대학 입학할 때 담임 목회를 시작하셨다. 물론 어머니의 기도 덕분에 미숙하고 부족한 내가 이만치 살아가고 있음에 늘 감사하고, 세상 누구보다 존경하는 분이 어머니시지만, 어린 시절 어머니는 나만의 어머니가 아니라 성도들의 어머니이셔야 했던 기억이 있다. 그래서인지 그날 여학생의 아픔이 많이 짠했다. 어리광을 참아야 하는 어린아이의 마음이 느껴져서.

천종호 판사님도, 임윤택 목사님도, 이요셉 목사님도, 그리고 같은 길을 묵묵히 걸어가고 계시는 분들 모두 같은 자녀를 키우는 입장에서 내 자식도 아닌 아이들을 가슴에 품고 일하는 것이 왜 힘들고 어렵지 않겠는가? 말씀하지 않으셔도 알수 있을 것 같다. 힘들어도 한번 가슴에 품은 이상 포기하시지 못하는 그 마음도 이해할 수 있을 듯하다. 우리 모두가 져야할 십자가를 대신 지고 그 길을 묵묵히 걸어가시는 예수님과도 같은 희생에 다시 한번 존경과 감사의 마음을 전한다.

리얼미터의 최근 여론조사에 의하면, 미성년 범죄 처벌에 대하여 '소년법의 일부 조항을 개정하여 처벌을 강화해야 한다'는 의견이 62.6퍼센트, '소년법을 아예 폐지하여 성인과 동일하게 처벌해야 한다'는 의견이 21퍼센트라고 한다. 또한 '현행 소년법을 유지하되 계도와 교육을 강화해야 한다'는 의견이 12.9퍼센트가 나왔다고 한다. 이런 국민의 여론을 의식해서인지 법무부에서는 형사미성년자의 연령 하향을 검토해보겠다는 발표를 했다.

형법이 만 14세 미만에 대해 형사처벌을 받지 않도록 정하고 있는 것은 사실이지만, 이들을 그냥 방치하는 것은 아니다.

만 10세 이상 만 14세 미만의 소년들에게는 소년법에 따른 보호처분을 내리도록 하고 있기 때문이다. 소년법상의 보호처분이라고 해서 단순히 훈방 조치만 하고 그대로 돌려보내는 것도 아니다. 최소 3주 이상 소년분류심사원에서 유치장에 감금된 상태와도 같은 시간을 보내는 경우가 많다. 이후 재판 결과에 따라 민간 보호시설에 6개월간 가거나, 소년원에 1개월간 단기로 갈 수도 있고, 2년 장기로 갈 수도 있다. 만일 집으로 돌려보내더라도 대개는 보호관찰처분을 붙인다. 보호관찰관이 지켜본 결과 재비행의 위험이 있다고 판단되면 다시 시설로 보낸다.

같은 범죄를 저질렀다고 해도 형사재판을 받았다면 집행유예를 받아 집으로 돌아올 수도 있었을 것을, 소년재판을 받으면 소년원에 2년 동안 있으라는 처분이 내려질 수도 있다. 자유를 갈망하는 청소년 본인의 입장에서는 더 가혹하게 느껴질 수도 있다.

소년법 보호처분 집행 과정에서의 문제도 있다. 현장 전문가들은 한목소리로 현재 소년원의 과밀화가 심각한 문제라고 한다. 전국 소년원의 수용률이 129퍼센트에 달한다는 조사 결과도 있다. 보호관찰관 한 명당 관리 대상자 숫자도 OECD(경제협력개발기구) 평균의 3배 수준이다. 7호 치료감호시설이 부족한 것도 문제다.

형사미성년자 처벌 강화 문제는 반드시 이런 열악한 실무 개선의 문제와 함께 논의되어야 한다. 만일 이런 현장이 개선되지 않은 채 형사미성년자 처벌 연령만 낮아진다면 애초에 의도했던 목적을 달성할 수 없을 것이다.

지금은 법원에서 상임조정위원으로 일하고 있기에 일반 변호 활동을 할 수 없도록 되어 있다. 그래서 소년 국선보조 사건을 그만둔 지 여러 해가 지났다. 하지만 소년분류심사원과 가정법원에서 만났던 아이들은 늘 내 마음속에 남아 있다. 이 책에서 이 아이들의 이야기를 할 수 있어 다행이다. 이들의 이야기가 외롭고 소외된 청소년들에게 조금이나마 더 관심을 기울이는 계기가 되었으면 좋겠다. 피해 청소년들에게 적절한 보호와 치료가 절실히 필요함은 더 말할 것도 없다. 차가운 접견실에서 이제 다시 만나지 말자고 손가락 걸고 약속하던 아이들의 인생에도, 새봄이 찾아오길 바란다.

마지막으로, 책 출판에 이르기까지 도움을 주신 분들을 떠올려본다. 초보 에세이스트를 위해 매달 원고 리뷰를 해주신 도서출판 이와우의 우재오 대표님이 아니었다면 도저히 원고를 완성할 수 없었을 것이다. 대표님과 처음 통화했을 때였다. 대표님은 원고에 내 이야기가 더해지면 좋겠다고 했다. 사람들이 궁금해하고 읽고 싶어 하는 것은 사실이 아니라, 그 사실에 대한 내 느낌과 감정, 내 생각이라는 것이다. 순간 머리를 얻어맞은 기분이었다. 분명 사건에 대한 내 감정과 느낌이 있을 터인데, 애써 숨겨왔던 것이다. 그건 아마도 20년간 단련된 직업병일 것이다. 일에 내 감정과 느낌을 개입시키지 말자는 처절한 싸움 같은 것.

"그럼 제가 솔직해져야 하는 거네요?"

"그렇죠."

"용기를 내야 하는 거고요?"

"네, 하하."

"노력해볼게요."

"음, 노력보다는… 내려놓으면 될 거 같아요!"

"아, 저한테 정말 필요했던 이야기네요."

이런 선문답 같은 대화를 했는데, 뭐랄까 글을 쓰고 안 쓰고를 떠나 내 삶에 뭔가 큰 도전 같은 깨달음이 온 것 같았다. 덕분에, 주말마다 노트북을 껴안고 에세이와 사랑에 빠질 수 있었다.

내가 이렇게 위험한 사랑에 빠져 있는 동안 매 주말 삼시 세끼 요리를 해 우리 가족을 먹여 살려준 남편에게 특별히 감사의 마음을 전한다. 아낌없는 조언을 해주신 친정엄마, 소울메이트 정연이와 혜지에게도 감사하다. 즐겁게 일할 수 있도록 늘 배려해주시는 대전고등법원 조정센터장 김명재 변호사님, 그리고 나와 함께 이 길을 걷고 있는 동료이자 후배, 김혜영, 현지연, 정재영 변호사에게도 늘 빚진 마음이다. 끝까지 이 책을 읽어주신 모든 독자분들이 건강하시고 평안하시길 기도한다.

최선을 다해 만든
이와우의
책들을 소개합니다

어느 누군가의 삶 속에서 얻는 깨달음

리더는 사람을
버리지 않는다

야신 김성근 리더십

누군가는 나를 바보라
말하겠지만

억대연봉 변호사의 길을 포기한
어느 한 시민활동가의 고백

어금니 꽉 깨물고

노점에서 가구회사 사장으로
30대 두 형제의 생존 필살기

안녕, 매튜

식물인간이 된 남동생을 안락사
시키기까지의 8년의 기록

삶의 끝이 오니
보이는 것들

아흔의 세월이 전하는
삶의 진수

차마 하지 못했던 말

'요즘 것'이 요즘 것들과 일하는
이들에게 전하는 속마음

류승완의 자세

영화감독 류승완의
마음을 움직이는 힘

문과생존원정대

문송(문과라서 죄송합니다)시대
문과생 도전기

무슨 애엄마가
이렇습니다

일과 육아 사이 흔들리며
성장한 10년의 기록

누구나 한 번은
엄마와 이별한다

하루하루 미루다 평생을
후회할지 모를 당신에게
전하는 고백

지적인 삶을 위한 교양의 식탁

인문학의 뿌리를 읽다

서울대 서양고전 열풍을
이끈 김헌 교수의
인문학 강의

내 몸이 궁금해서
내 맘이 궁금해서

국내 최고 생리학자가 전하는
내 몸, 내 마음 설명서

마흔의 몸공부

동의보감으로 준비하는
또 다른 시작

What Am I

뇌의학자 나흥식 교수의
'생물학적 인간'에 대한 통찰

난생처음 도전하는
셰익스피어 5대 희극

지적인 삶을 위한
지성의 반올림!

난생처음 도전하는
셰익스피어 4대 비극

지적인 삶을 위한
지성의 반올림!

삶의 쉼표가 되는,
옛 그림 한 수저

교양이 풀풀 나게 만드는
옛 그림 감상법

시인의 말법

전설의 사랑시에서 건져낸
울림과 리듬

치열한 삶의 현장 속으로

골목상권 챔피언들
작은 거인들의 승리의 기록

마즈 웨이(Mars Way)
100년의 역사, 세계적 기업
마즈가 일하는 법

심 스틸러
광고인 이현종의 생각의 힘,
감각의 힘, 설득의 힘

당신만 몰랐던
스마트한 세상들
스마트한 기업들이 성공한
4가지 방법

폭풍전야 2016
20년 만에 뒤바뀌는
경제 환경에 대비하라

우리는 일본을
닮아가는가
LG경제연구원의 저성장 사회
위기 보고서

손에 잡히는
4차 산업혁명
CES와 MWC에서 발견한
미래의 상품, 미래의 기술

어떻게 팔지 답답한
마음에 슬쩍 들춰본
전설의 광고들
나이키, 애플, 하인즈, 미쉐린의
운명을 바꾼 광고 이야기

우리가 사는 세상과 사회

그들은 소리 내
울지 않는다
송호근 교수의 이 시대
50대 인생 보고서

무엇이 미친 정치를
지배하는가?
우리 정치가 바뀌지 못하는
진짜 이유

도발하라

서울대 이근 교수가 전하는
'닥치고 따르라'는 세상에
맞서는 방법

어떻게 바꿀 것인가

서울대 강원택 교수가 전하는
개헌의 시작과 끝

서울을 떠나는 삶을 권하다

행복에 한 걸음 다가서는
현실적 용기

부패권력은 어떻게 국가를 파괴하는가

어느 한 저널리스트의
부패에 대한 기록과 통찰

크리스천을 위하여

예수

김형석 연세대 명예교수가
전하는 예수

어떻게 믿을 것인가

김형석 연세대 명예교수가
전하는 올바른 신앙의 길

처음으로 기독교인이라 불렸던 사람들

기독교 본연의 모습을 찾아
떠나는 여행

인생의 길, 믿음이 있어 행복했습니다

김형석 연세대 명예교수의
신앙 에세이

예수의 말

성서신학 최고의 석학
정양모 신부가 전하는
예수 공부의 정수

이와우

법정 희망 일기

©안지현, 2022

초판 1쇄 발행 2022년 12월 19일

지은이 안지현
펴낸곳 도서출판 이와우
출판등록 2013년 7월 8일 제2013-000115호
주소 경기도 파주시 운정역길 99-18
전화 031-945-9616
이메일 editorwoo@hotmail.com
홈페이지 www.ewawoo.com

ISBN 978-89-98933-45-6 (03810)